大雅

为一种品格注脚

洛威尔系列

海豚

手稿对照本，1972—1973

［美］罗伯特·洛威尔／著
［美］萨斯基娅·汉密尔顿／编
程　佳／译

广西人民出版社

目 录

《海豚》手稿本（1972年）

导　言

> 我从美人鱼身上学到了我想要的
>
> 以及她那种燎人的尾巴与优雅的燮合。[①]

“一个男人，两个女人”，即罗伯特·洛威尔所说的《海豚》中“常见的小说桥段”。这是一本爱情诗集，也是一本关于偏离正轨，关于怀疑与动摇的书。书中的主角是一位诗人（一个“受难的英雄”，[②]洛威尔曾在一次采访中这样大胆表示过），他远离纽约的妻女，在英国逗留期间爱上了一名叫卡洛琳的女子。卡洛琳·布莱克伍德，她既是书中的一个人物，又真实存在于现实生活中，这本诗集就是献给她的。诗人认为自己无法停止对卡洛琳以

---

① 见组诗《美人鱼》第1首。参见弥尔顿的诗句“地底下的老龙……摇摆着他翘起的尾巴，鳞片闪闪很恐怖”（《在耶稣诞生的早晨》），这首诗在诗集《海豚》中的其他地方也有映现。又参见T.S.艾略特的诗句“我听见美人鱼在歌唱，彼此对唱”（《J.阿尔弗瑞德·普鲁弗洛克的情歌》）。

② 见《诗人罗伯特·洛威尔——克里斯托弗·里克采访》（《倾听者》，1973年6月21日）。

及对艺术的追求，有一种即将来临的死亡感袭上心头，挥之不去。对孩子的责任感和焦虑感也困扰着他，他现在和卡洛琳生活在一起，必须要接纳她的孩子，而他自己的女儿哈丽特却远在美国。另外，诗集中还有一个更为刺耳、紧迫的“长剑一样的声音”[①]，来自他的妻子丽兹（伊丽莎白·哈德威克），通过书信和越洋电话诉说着。在这个诗歌叙事过程中，他坠入爱河，躁狂症复发，出现幻觉，住院治疗，然后康复，在痛苦的犹豫中摇摆不定，回家却找不到真正的答案，最后做出选择。在这部诗集的手稿本中，最后的选择却是在圣诞节做出的，次年他的儿子罗伯特·谢里丹出生，“幸福如此缓慢燃烧，持久绵长”[②]。但是在正式出版的诗集中，孩子的到来先于他做出选择，并帮助他找到了解决方案。

帮助洛威尔度过这段困惑时期的，正是一切诗歌所制造和解决的谜题——“看似无法解决的生活有时会在写作中变得更加清晰。”[③]在“追寻我那只不懂它说什么的耳朵”[④]时，洛威尔创作了一系列的诗作，讲述自己在经历康复、幸存、愧疚、悲伤的同时，恰逢情欲的“诱惑与风暴”。借用柯勒律治的话来说，这是感性的

---

① 见《在电话那端》。

② 见《海豚》手稿本中的《第九个月》（组诗《重负》第8首）。

③ 见洛威尔的文章《在欣赏了六七篇关于我的文章之后》，刊于《萨尔马贡迪》1977年春季号，重印于埃德·弗兰克·比达特和大卫·格万特尔合编的《罗伯特·洛威尔诗集》（纽约：法拉、斯特拉斯和吉鲁出版社，2003年）。

④ 见洛威尔的文章《在欣赏了六七篇关于我的文章之后》。

选择[1]——诗人对自己的感觉和想法高度警惕，同时也十分在意夜晚伦敦人群的表情，打在玻璃上的“率性自然、无家可归的雨”的声音，对丽兹说话语调的回忆，又或是卡洛琳的“幽默与脆弱”——这些都是诗歌所筛选出来的。比写作本身更重要的是，这本书的写作，或者说这部戏剧的创作，已然成为叙事的一部分——因为洛威尔在创作这本书时发现了一种平衡形式，这种形式平衡着他心中的欣快与欲望，平衡着他冲突的责任感与艺术上的判断力。

与之前有着深刻寓意和引经据典的作品如出一辙，这次洛威尔邀请我们去思考的，是他在传统背景下所创造的艺术。其诗歌形式是经过改编的十四行诗，大部分都由十四行诗句构成，内部押韵但无固定韵式，有一点十四行诗歌体的思想结构。他希望达成的理想之一就是精确，这点其实在他修订《笔记本》中的诗歌时就已经印在他心上了，《笔记本》出版之后紧接着就推出了《海豚》。他在1970年1月曾写信给玛丽安·摩尔，信中谈到她最近的一首诗作：

> 令人称奇的是你宽宏的思想，以及将其表达出来的精确性。我的意思是，大多数人可能觉得他们已经找到了一个足够好的修辞，而你却一如既往地注重精确。[2]

---

① 参见柯勒律治的笔记，约1803年11月记于博罗代尔：“感性的选择，我非常痛苦地靠着我的拐杖，看着天上的云彩，听着教堂钟声从克罗斯韦特教堂传来。”［引自阿莱西娅·海特的《一次徒劳的航行——柯勒律治在1804年的马耳他之旅》（伦敦：费伯出版社，1973年）］。另见洛威尔在诗集《历史》中写柯勒律治的十四行诗，以及海伦·文德勒回忆洛威尔所作的关于柯勒律治的谈话的回忆《罗伯特·洛威尔最后的日子与最后的诗》，收录在杰弗里·迈尔斯编的《罗伯特·洛威尔：采访与回忆录》（安·阿伯：密歇根大学出版社，1988年）。

② 见洛威尔1970年1月18日写给玛丽安·摩尔的信，收在罗森巴赫图书馆的“玛丽安·摩尔收藏品”中。

精确，不仅意味着如实描写，它还包括能迅速描摹生活、表达各种思想情感的修辞和表现形式。在谈到自己最有名的诗集《生活研究》[①]时，洛威尔曾提到过他的雄心，表示要让每一首诗“看起来都像照片一样开放，单面光洁”，米歇尔·霍夫曼将其描述为：“一种意象主义，因其心理多变、讲求实际、暗含深意而意蕴丰富。”[②]但洛威尔后来把这种雄心看作是一种局限，发现它“十分苛刻，仅限于呈现外观”。《生活研究》中的诗歌材料主要是他对童年和家庭生活的“回忆”，《笔记本》是《海豚》的来由，它那些十四行诗混合了当下与记忆，“日常与历史”——“总是那个瞬间，有时又会迷失”——所以也就有了“更加参差不齐，充满想象的”诗作。这就是他所追求的精确，“我感觉到或看到读到的东西”正在变成“漩涡中的漂聚物”[③]。所以他后来会在《结语》这首诗中“祈求优雅的精确”[④]。

也许在写诗这个框架下，他根据弥尔顿对诗歌的定义[⑤]，决定要

① 出版于1959年。

② 见米歇尔·霍夫曼的《你去了何处？——精选论文》（纽约：法拉、斯特拉斯和吉鲁出版社，2014年）。

③ 见伊恩·汉密尔顿的《与罗伯特·洛威尔的对话》（第26期《评论》，1971年夏季刊）。

④ 见洛威尔的诗歌《结语》（《日复一日》，1977年）。

⑤ 弥尔顿认为诗歌与逻辑学相反，“诗歌是随后产生的，或者更确切地说是前驱的，因为它不那么精巧，但更简单、感性和激情”（《关于教育》，1644年）。洛威尔在1940年的一封信中第一次与弥尔顿定义中的混乱相抗争：“我必须保持精神上的活力和灿烂的生命力，因为诗歌，正如弥尔顿在实践和训诫中承认的那样，是一种感性的、充满激情的、残酷的事情。”见罗伯特·洛威尔1940年2月写给A. 劳伦斯·洛威尔的信，摘自罗伯特·洛威尔著、萨斯基娅·汉密尔顿编的《罗伯特·洛威尔书信集》（纽约：法拉、斯特拉斯和吉鲁出版社，2005年）。

"坦率、开放、脆弱"[①]或者"简单、感性、激情"，于是有了《海豚》的独创风格。1971年春天，洛威尔在思考"晦涩诗，我在（20世纪）30年代读到之后，是既了然于心又困惑不解"[②]——威廉·燕卜荪和哈特·克莱恩便是他所举的例子，其他的启发则不仅包括16世纪和17世纪的诗歌，还有那些极富洞察力的诗歌批评家。"既然晦涩难懂的诗可能已经过时了，人们就必须向它的最高发明和探索致敬。"[③]1971年夏天，他把庞德的《比萨诗章》说成是"一个坚硬、棱角分明、在某些方面甚至不依不饶、装腔作势的人"所写的作品，这个人"凭借勇气让那颗心突破自己的玻璃肋骨"[④]。第一批十四行诗有着他后来试图"梳去"的"不必要的巨大晦涩"[⑤]，他那奇异的爆炸性的混合经历诱发了这种晦涩，与此同时他那些旧的表达模式也仍在幕后竞争着。其结果就是，诗歌在情感上和调性上都不尽相同，有时在思想和表达的跳跃上是倾斜的，在英式习语和美式习语的转换中，尽显幽默、痛苦、自嘲、袒露真言和"回避"[⑥]。

---

① 见罗伯特·洛威尔的《评斯坦利·库尼茨的〈测试树〉》（《纽约时报书评》，1971年3月21日）。

② 见洛威尔1971年3月29日写给阿德里安·康拉德夫人（即里奇）的信，摘自伊丽莎白·哈德威克和罗伯特·洛威尔著、萨斯基娅·汉密尔顿编的《海豚信：1970—1979》（纽约：法拉、斯特拉斯和吉鲁出版社，2019年）。

③ 见洛威尔的《评斯坦利·库尼茨的〈测试树〉》。

④ 见伊恩·汉密尔顿的《与罗伯特·洛威尔的对话》。他在谈到借用小说形式（来写《笔记本》）时也用了同样的比喻："因为我认为诗歌必须逃离装它的杯子。"

⑤ 见洛威尔1970年10月5日写给伊丽莎白·毕肖普的信（《海豚信：1970—1979》）。

⑥ 见《在电话那端》。参见《笔记本》（1970年）中《来自以色列的诗行》组诗第3首《以色列》。

1970年5月，洛威尔与卡洛琳·布莱克伍德有了婚外恋情，不久他就开始创作关于自己新欢的十四行诗。当年的6月下旬，他给哈德威克发电报说他不回纽约了，两周后他便因躁狂症发作在伦敦住院治疗。鉴于当时布莱克伍德不在他身边，哈德威克对他的不幸心有不忍，8月初曾到伦敦医院探望他。她发现他非常虚弱，并告知说他“几乎写不了，只写了几首（还不错）”[①]。洛威尔于8月下旬出院，到10月他写了30首诗，正如他在给友人伊丽莎白·毕肖普的信中所说，“这是一个已婚男人在医院的浪漫故事”。

到11月底，洛威尔已经有了“大约90首”，创作“速度很快，甚至用餐时都会写几句潦草的诗行”[②]——每天都不止一首，持续了两个月。在这些诗作中，有几首是用“两个女人”的声音写就的，材料取自来往的书信和谈话。(传闻洛威尔使用了哈德威克的原始信件——这些诗对她的情感做了广角描绘，而这正是他想要用于诗歌中的东西——《海豚信：1970—1979》中有记述。)他回到纽约的家中过圣诞节，和哈德威克分手后，在新年时返回伦敦。那个冬天便传出了布莱克伍德怀孕的消息。

洛威尔在1971年春天写了许多新诗，包括这本诗集中的第一首和最后一首十四行诗[③]，他找到了他的海豚形象，这本诗集的守

---

① 见布莱尔·克拉克与伊丽莎白·哈德威克的对话笔记，见布莱尔·克拉克的“罗伯特·洛威尔1938—1983年收藏品”，存于得克萨斯大学奥斯汀分校哈里·兰森中心（《海豚信：1970—1979》）。

② 见洛威尔1970年11月28日写给伊丽莎白·哈德威克的信（《海豚信：1970—1979》）。

③ 即《渔网》和《海豚》。

护精灵[①]。[海豚是阿波罗的象征，而阿波罗是诗歌神明之一，也是治愈和占卜之神；dolphin（海豚）这个词的词源，有学者认为与δελφύς或delfys有关，意指“子宫”。洛威尔在大学里学的是古典文学，应该从希罗多德和奥维德那里知道海豚将诗人阿利翁从囚禁中救出的故事。]即便是在卡洛琳怀孕期间，他依然继续新的创作，但整个故事的情节弧已经成形。一直以来，洛威尔对是否计划出版这部作品拿不定主意，他觉得哈德威克“会因为这种亲密关系而感觉受到伤害，而她应该赢得所有人的同情。试想，你被抛弃了，然后在书中又被抛弃一次，那是一种什么感觉？”[②]。尽管如此，他还是选择在那年夏天的《评论》杂志上发表了14首诗，并在9月儿子谢里丹出生时写下了他所认为的最后一首诗[③]。

到1971年底，洛威尔已经选了“大约80首诗”[④]结集成一本完整的书稿。他邀请弗兰克·比达特到英国帮助定稿，校读这些诗作，有时他还口述诗行，让比达特或布莱克伍德添加到打字稿中。他们在1972年初完成了一个版本，随后比达特将该版的复印本带回美国。毕肖普、威廉·阿尔弗雷德和斯坦利·库尼茨等人接到或收到复印本后，反应强烈——既赞赏又震惊。这就促使洛威尔对这本书进行重新思考。

这三个人都反对洛威尔使用哈德威克的信件和谈话。毕肖

---

① 洛威尔认为：“大多数艺术变形都是符号……最原始的痛苦是其在堕入实际，体味日常的丰富时，所表现出的那种紧张和丑陋”（《评斯坦利·库尼茨的〈测试树〉》）。

② 见洛威尔1971年4月25日写给斯坦利·库尼茨的信（《海豚信：1970—1979》）。

③ 1972年春夏之际，洛威尔对《海豚》做进一步修订，又增加了新的诗歌。

④ 见洛威尔（1971年12月6日或8日？）写给弗兰克·比达特的信（《海豚信：1970—1979》）。

普对洛威尔改编哈德威克的书面文字这一举措尤为不安（她认为“艺术根本不值那么多”[①]），对结尾处的情节顺序也有微词。她发现，从他最后的纽约之行（见《飞往纽约》组诗）到后来的“改变、决定以及发生的任何情况”（他回到卡洛琳身边，她怀孕的消息[②]）“都太过突然——前面几部分拖拖延延，然后是犹豫不决的痛苦，等等——（生活的种种故意拖延所营造出的美妙氛围……）”，组诗《飞往纽约》中那种“分手的阴影”来自丽兹和他们的共同生活。这组诗结束之后，“也没有真正回到英国——还有‘重负’这个词，然后是那个问题‘我们有孩子了？’[③]，听起来有点像维多利亚时期夸张的情节剧”。她认为他笔下的人物必须让自己在“孩子像那样出现之前回到英国”。

洛威尔不想失去丽兹这个人物的声音，但是他后来也认为那是一个“令人心寒的幸福结局”[④]，于是决定对其进行改动，“想办法把这些书信诗做模糊处理，并使它们带有倾向性”[⑤]，这样一来，它们似乎就没有那么有纪实性了，不再是他记忆中或脑子里的争辩记录。他向比达特描述了他正在做的改变：

---

① 见伊丽莎白·毕肖普1972年3月21日写给罗伯特·洛威尔的信（《海豚信：1970—1979》）。

② 在《尽在不言中》有表明。这首诗是《海豚》手稿本中组诗《重负》的第1首十四行诗。关于“burden”（重负）一词的意思，参见《牛津英语词典》第1卷（1933年）中该词的第4个义项：“孕育在子宫中的胎儿、孩子。”

③ 见《海豚》手稿本中的组诗《重负》第1首《尽在不言中》。

④ 见洛威尔1972年4月4日复活节写给伊丽莎白·毕肖普的信（《海豚信：1970—1979》）。

⑤ 见洛威尔1972年5月15日写给弗兰克·比达特的信（《海豚信：1970—1979》）。

> 早前的几封信，原先是《来自我妻子》，现在都剪辑成了《声音》（这种标题很常见），\改的多是人称代词/这样一来，就像是我在代替丽兹说话，我在改述或重复丽兹的话。[1]

在给库尼茨的信中，他写道：

> 那首篇幅较长、写孩子出生的组诗移到了《飞往纽约》前面，以《飞往纽约》收尾更为有力，这样一改也给了我一个启程的正当理由，而不是因为喜\新/厌旧，它令人惊奇地起到了一种软化效果。大多数书信诗——毕肖普都很抗拒，因为她认为我把部分虚构的内容当作了事实来呈现——我听从了你以前的建议，将我的声音和我头脑中的另一个声音混在一起，一部分是我，一部分是丽兹，\或用斜体标注，/或转述，听起来不够完美，但却萦绕在耳边，挥之不去。[2]

那些备用情节，一个与事件的真实发展高度吻合，另一个则是虚构的，但它们都不会改变洛威尔（到1972年春天）所看到的事实，他认为那是一个宿命的结局。[3]他觉得这组关于回家面对妻子和女儿的诗（《飞往纽约》）“虽然时间上的顺序有所不同，但结

---

① 见洛威尔1972年4月10日写给弗兰克·比达特的信（《海豚信：1970—1979》）。

② 见洛威尔1972年4月24日写给斯坦利·库尼茨的信（《海豚信：1970—1979》）。

③ 相比《笔记本》中的压轴诗《讣告》——写给哈德威克的一首爱情诗——《献给丽兹和哈丽特》版本中的第1行是新改的，强调了他到1972年时的感受：“我们的爱不会随命运的车轮返回——”

局是真实的”，是“故事的事实真相”[①]。

即便如此，这一变化还是改变了我们所听到的这些诗的主调，这些诗都是在当时的不确定中写成，洛威尔在接受了自己的决定之后又对其进行了修订，做了叙事性的处理。他是1970年11月和12月创作的《飞往纽约》，写于在圣诞节探望妻子和女儿之前和探望期间。11月，洛威尔还在摇摆，但相信自己会回到她们身边，永不离开。他请求哈德威克带他回去，在11月16日给她的信中，他这样写道：

> 我一直都在写，文思泉涌，几乎有了一本小书，诗歌形式跟《笔记本》一样，但是体量没有那么大。我甚至已经预见我抵达纽约的那一刻了。你瞧我回家了。[②]

11月30日，他再次给她写道：

> 我还是什么决定都不做，只把自己的犹豫不决埋藏在不计其数的诗句中。我想我现在写了有90首，草稿和弃诗堆了一大屋子。我是个非常糟糕的伴侣，我把你扔下，让你独自承受一切，你应该不会再爱我了。不过，我回来是为了看你和亲爱的哈丽特的，不是为了见布莱尔。所以你马上就会收到我的来电。[③]

---

① 见洛威尔1972年5月15日写给弗兰克·比达特的信（《海豚信：1970—1979》）。

② 见洛威尔1970年11月16日写给伊丽莎白·哈德威克的信（《海豚信：1970—1979》）。

③ 见洛威尔1970年11月30日写给伊丽莎白·哈德威克的信（《海豚信：1970—1979》）。

但到了12月中旬，他又改变了想法。他于12月12日写信给库尼茨说道：

> 没有什么是永远不变的，但是我想我和丽兹就要分开了。我祈祷这事就到此为止，不要太过残忍，不要那么伤人。这一切是相当致命的。数月来没有躁狂发作，只有冷静、清醒，焦虑的清醒。[①]

洛威尔给毕肖普写信时也提到他在行程临近结束时变心了：

> 你收到这封信时，我应该已经到纽约了，住在布莱尔·克拉克那里。我想我和丽兹最终还是会分开。我应该早点做一个了断的。但是我做不到。不知道头脑正常的人能否做得到。我回来就是为了见丽兹和哈丽特的，虽然很多事情到现在都还没有完全解决，但还是必须要解决的。[②]

毕肖普后来质疑"《飞往纽约》这个标题中的'飞往'在这里用得是否正确（即使你确实飞了）"[③]。打开《海豚》这本诗集的人或许会想"飞往"另有其意，但故事的结局却制止了这种想法[④]。

---

① 见洛威尔1970年12月12日写给斯坦利·库尼茨的信，收在斯坦利·库尼茨文档（1900—2014，主要是1960—2005）6号文件夹的第63号匣子，存于普林斯顿大学图书馆珍稀图书和特别收藏部手稿部。

② 见洛威尔1970年12月写给伊丽莎白·毕肖普的信（《海豚信：1970—1979》）。

③ 见伊丽莎白·毕肖普1972年3月21日写给洛威尔的信（《海豚信：1970—1979》）。

④ 参见威廉·燕卜荪在其诗《奥巴德》中所表述的两种飞行感觉：展翅、逃离。

两个版本

洛威尔6年出了5本诗集[①]，并在随后的再版中对这5本诗集又做了修订[②]，所以对他的十四行诗做一个分类并没有那么容易，这些诗没有呈现出一个“稳定的版本”。一个作家对自己的作品进行修订并不足为奇，然而洛威尔做起修订来却总是大肆声张，弄得人人皆知。正如他自己所言：“我不能停止写作，我对待已出版的书就像它还是一本手稿。”[③]“没完没了地修改我们的修订本”，从手写的初稿到打字稿、杂志出版物、排版校样，从这些再到平装版和乔纳森·拉班编辑的《罗伯特·洛威尔诗歌选集》（1974年）、洛威尔自己编的《诗歌选集》（1976年），以及他修订后的《诗歌选集》（1977年），他一直都在做修改。他还留下很多给朋友们的[④]进一步修订的清单，在给他们的赠书中也会做修改。正是印刷出来的版本让他注意到他在手稿中忽略并想改正的东西。

有位评论家认为，洛威尔对已经排版定稿的印刷版不断修改的自由，打个最贴切的比方，就像是歌曲在表演中灵活处理的易变性[⑤]——这是他在美国和英国的出版商所极力忍受的一种自由，毕竟是他们承担着诗集出版的费用。这些诗集同时流传着同一首

---

① 《笔记本：1967—1968》（1969年）出版了两次，分第1版和修订版。《笔记本》（1970年）是对《笔记本：1967—1968》的重大修订，后来其中的诗又被进一步修改和重新编排，分两卷出版，分别为《献给丽兹和哈丽特》（1973年）和《历史》（1973年）。《海豚》（1973年）是一部新诗集。

② 见《罗伯特·洛威尔诗集》。

③ 见洛威尔《笔记本》（1970年）的“新版注释”。

④ 正如弗兰克·比达特所指出的那样，洛威尔的《历史》一书就属于这种情形（《罗伯特·洛威尔诗集》）。

⑤ 见克里斯托弗·里克斯的《真正的友谊》（纽黑文：耶鲁大学出版社，2010年）。

诗的不同版本，而且作为库存和重版书目，它们可不像为观众表演的歌曲那样生命力短暂，只流行一时而已[①]。在他之前的伊拉斯谟也是如此，伊拉斯谟曾希望新版《阿达吉亚》的读者是“得到两次，而不是失去两次”[②]，洛威尔也希望“美、智慧、悲剧都有增加，借着这个消费机会得到所有的祝福”[③]。但这本诗集对读者提出的要求确实困扰着他，在某些情绪下，他绝望地想到那些可能“耗费毕生精力罗列变体，以此为生”[④]的人；或是想到他举出的“静止靶标”，而攻击它的“那位批评家知道大多数第二想法在可见的情况下都更为糟糕”[⑤]。（丁尼生在他的诗《海之梦》中问道：“第二想法最棒，这是真的吗？/难道不是第一个、第三个？哪一个更成熟？”）在第一、第二和第三个想法之后，洛威尔留下的任何进一步修订的想法都是最终的权威，因为他已去世。

这个版本提供了若干时间的乐趣，让读者亲历这些诗歌的不同“活”本，不仅可以看到洛威尔对情节大刀阔斧的改动，还有机会体味那些微妙而又独特的音乐。许多诗都在思考他的新生活究竟是一种抵达还是一种离去，想弄清楚他的困惑是在意义上明显向外拓展，还是在内在韵律上向内延伸，比如《蓝色晨曦》中关于面对白天的以下几行：

---

① 出于对洛威尔的尊重，他们愿意抓住机会，但也可能是因为书卖得很好，并为洛威尔提供了可观的收入。1966年到1970年的版税声明可在布莱尔·克拉克的“罗伯特·洛威尔1938—1983年收藏品”中找到。

② 见伊拉斯谟1523年写给约翰·博茨海姆的信，引自玛格丽特·曼恩·菲利普的《伊拉斯谟的时代：伊拉斯谟格言》（剑桥：剑桥大学出版社，1967年）。

③ 见洛威尔的文章《在欣赏了六七篇关于我的文章之后》。

④ 见洛威尔1970年6月14日写给伊丽莎白·哈德威克的信（《海豚信：1970—1979》）。

⑤ 见洛威尔《笔记本》（1970年）的“新版注释”。

I am exposed, keeping[①]guessing if I can make
the chill of the morning and put on my clothes.[②]
(我暴露着，不断地猜想自己是否能够抵御
这晨曦的寒意并穿上我的衣服。)

在同一页手稿上，他修改了音韵：

I am exposed, keep guessing if I can make
the chill of the morning and its dressing.
(我暴露着，不断猜想自己是否能够抵御
这晨曦的寒意和它的围裹。)

这种表达方式是为了让“make/the chill of the morning”贴近航海语言吗？就像“making harbor”（入港停泊）或者“making sail”（扬帆起航）？[③]在第一个版本中，“exposed”和“clothes”柔和的音韵达到了某种效果，至少在音效上是如此。修改后的押韵词将“guessing”（还有“morning”）与“dressing”配成一对，还是音韵。也许这一变化，无论在节奏上还是音调上，都意味着白天掩饰自己，既不能让他得到早晨的喘息时间，也不会结束他的窘境。

在最终版里，“make”被替换为可能更有疗效、令人神清气爽的“take”：

---

① 因此后面换成了“keep”。
② 见《海豚》手稿本中组诗《卡洛琳》第4首《蓝色晨曦》。
③ 参见《住院II》组诗第3首《威尼斯旧照（1952年）》中的诗句：“You are making Boston in the sulfury a.m.”（你正在硫黄色的早晨造访波士顿）

I am exposed, keep guessing if I can take
the chill of the morning and its dressing.[①]
(我暴露着，不断猜测自己是否能够承受
这晨曦的寒意和它的围裹。)

正是在他的一些最细微的音韵抉择中，洛威尔将自己的意思暴露了，并将其放大。“艾略特怎么说的，向前走？所以我们必须如此。”[②]1973年出版的《海豚》引起了很大争议。许多评论者对其“半虚构”的说法感到不安，而各种评论言辞，无论是激烈的还是较为平和的，都与那些看过正式出版前的版本的人所提出的观点相呼应。“真是讽刺！”洛威尔写信给毕肖普说，“对‘虚构的’人物进行歪曲变成了对真人本身的一种诽谤……你之前那封警告信——那些关于书信诗的问题我一直都没有解决，其他地方也存在事实与虚构问题。”[③]这真是文学史上的一个巧合，读者对《海豚》的接受，呼应了反对乔治·梅雷迪思1862年出版的《摩登爱情》一书的论调，那本书恰好是洛威尔的写作范本之一——一本诗集，收录了50首改编的十四行诗，内容关于一段婚姻的破裂，其中的“演员通常不外乎三个：丈夫、妻子和情人”。尽管有同为诗人的史文朋针对“鲁莽或片面的攻击”为之辩护[④]，但《摩登爱情》在它那个时代仍因“过于形象”而遭痛斥，人们认为它不过

---

① 见组诗《卡洛琳》第5首《蓝色晨曦》。

② 见洛威尔1974年5月13日写给艾伦·泰特的信（《罗伯特·洛威尔书信集》）。

③ 见洛威尔1973年7月12日写给伊丽莎白·毕肖普的信（《海豚信：1970—1979》）。

④ 见史文朋写给《旁观者》编辑的信（米切尔和本福德再版本，1862年6月7日）。

是一本“粗俗之作，它所展示出的那种放肆错把自己当成了勇气，品味简直糟糕透顶，淫乱不堪”[①]，类似于“一个陌生人日记里散落的叶子”，而且“风格晦涩”[②]。

虽有争议和闲言碎语，但《海豚》还是获得很多好评，有人甚至将它称为“还愿雕塑”[③]，诗集还于1974年获得了普利策诗歌奖。评委安东尼·赫克特称赞它：“旁征博引，跳跃的韵律和音调富有戏剧性，想象力幅度宽广，鲜有佳作能与之匹敌。例如，那首关于弗洛伊德和他的家庭的诗，以密集、复杂、令人窘迫的方式与洛威尔和他自己的家庭联系在一起。语言质朴、有冲击力，充满令人心碎的共鸣，而且处处表现出一种能力，敢于揭示精神几乎没有勇气言及的东西。”另一位评委威廉·阿尔弗雷德坦言：“坦率地说，一开始因为某种以坦诚为名的冷酷无情，我推迟阅读这本书。那里面的人物我认识。但与其他提名作品相比，我别无选择，只能投赞成票。它呈现出我们这个时代的一种经验，其悲剧色彩并未因常见而有所减少，所用的语言也配得上这种经验的严肃性，而且柔韧灵活，足以表达那令人困惑至绝望的种种矛盾。”[④]

读罢洛威尔这个系列的诗作，掩卷之余品味整卷书的脉络，

---

① 见R.H.赫顿的文章《乔治·梅雷迪思先生的〈摩登爱情〉》，刊于《旁观者》（1862年5月24日），再版于乔治·梅雷迪思的《〈摩登爱情〉与英国路边诗，以及诗歌和民谣》（2012年）。

② 见J.W.马斯顿刊于《雅典娜评论》（1862年5月31日）的评论文章，以及米切尔和本福德再版本。

③ 见海伦·文德勒的文章《罗伯特·洛威尔的艰辛与壮丽》，刊于《大西洋月刊》（1975年1月），重印于《构成自然，构成我们：现代美国诗人》（坎布里奇：哈佛大学出版社，1980年）。

④ 见艾里卡·J.费舍尔的《普利策诗歌奖编年史：讨论、决定和文件》（柏林/波士顿：瓦尔特·德格鲁伊特出版社，2010年）。

或者一组诗句，或者一个醒目的意象，或者“令他的诗歌生动富有情趣的数百格言妙句”[①]，或是他的词语的双重含义［“common”（常见/粗俗）、“novel”（新颖/小说）和“plot”（情节/谋划）］[②]，或者他的话语的双重意义和几种可能的音调（“我……学到了我想要的”），读者将会体验到那种“心碎的共鸣”，领略到那种只需一招便能捕捉到结合在一起的感觉和经验的高超技艺。在对诗集做进一步修订的1972年夏天，洛威尔写信给毕肖普，信中他特意重新编排了弥尔顿的话：“我正试图表现得简单、感性和优雅。”[③]

萨斯基娅·汉密尔顿[④]

① 见米歇尔·霍夫曼评论《罗伯特·洛威尔诗集》的文章《他自己的先知》，刊于2003年9月11日出版的《伦敦书评》。

② 见史蒂文·古尔德·阿克瑟尔罗德的《罗伯特·洛威尔：生活与艺术》（普林斯顿：普林斯顿大学出版社，1978年）。

③ 见洛威尔1972年7月8日写给伊丽莎白·毕肖普的信（《海豚信：1970—1979》）。

④ 萨斯基娅·汉密尔顿，纽约伯纳德学院英文系教授、诗人，著有诗集《走廊》。她还是《海豚信：1970—1979》《罗伯特·洛威尔书信集》和《空中言辞：罗伯特·洛威尔与伊丽莎白·毕肖普来往书信全集》的编辑。——译注

《海豚》（1973年）

献给卡洛琳

渔　网[1]

任何用惊奇致我们目眩的清晰事物，
你清游的沉默与明亮的意外之获[2]，
海豚放开了，去猎捕飞闪的鱼……
诗人死时还青春，格律护他们不朽，
原型的声音唱歌不着调；
老演员读不了他那些朋友，
无妨，他把自己读得响亮，
天才自顾哼吟，台下一片死寂。
这诗行必须终止。
然而我心澎湃，我知道我已纵情一生
不断编织又不断拆解一张用沥青麻绳结的渔网；
吃鱼时这张网会挂在墙上，
像字迹模糊的青铜[3]，钉在没有未来的未来。

注 释

① 在1972年的手稿本中，这首诗［见手稿本图4（此序号指手稿右上角标的序号。余同，不再一一说明）］的标题原为《卷首》，后修订为《渔网》；而且原诗稿与已出版的版本前八句有很大不同：“任何牢牢吸引这位读者的清晰事物——/这诗行必须终止，这明亮的意外之获，/这顶冰帽子里的维京海盗的光辉。/这高度是空洞的；强盗攫取的金子/本属于那巨像精美的印花和卷册，/他那典型的肚腰缎带。夏日，夏日，/诗人死时还青春，格律护他们不朽，/幸存者停止朗读法语、他的朋友们、新闻。”另外，在1973年出版的那个版本中，这首诗共有14行，第4行“说得太少，后来又太多”在2019年出版的这个版本中被删除掉了。译者向本书的编辑询问过，得知是诗人生前有意为之。这首不完整的十四行体序诗（共13行），最终得到修订后的跋诗《海豚》（共15行）的补充，它们首尾呼应，形成一个圆满的结局。——译注（以下诗中的注释均为译注，不再一一说明）

② “意外之获”这个词，可参见华莱士·史蒂文斯《遗作集》中的一句话：“诗歌的获得完全是巧合，是意外之获。”

③ 可参见古罗马作家贺拉斯谈自己作品时说过的一句话：“我做了一块比青铜更持久的纪念牌。”

红崖广场[1]

1.居于伦敦[2]

我学着过没有冰的日子，像女王一样生活；
她那些建筑我们不喜欢，原先巍然矗立，
然而不久维多利亚那硬汉似的橡树便四分五裂[3]，
蜘蛛似的小摆设从无名之物上掉落，
祖辈连同他们那些未婚员工弃营而逃，
我们那些二十年代浮生的夫妻
够轻狂，却捣毁不了他们逃离的家园。
这些房子各不相同，颤颤巍巍上了六层高
只为有别于佛兰芒馅饼切片似的尖顶[4]，
建筑者的管道和脚手架将其定形——
原始如一座丛林健身馆。
上世纪的砖头大都呈现出一种酸红，
那时的特色吧，恐怕无须安抚，
任其被时代谴责，被荒芜重建。

2. 窗户[5]

午夜的树梢狂乱摇摆
几近折损，倘若激情能伤害
画家窗户框里的古典画作——
爱从我们手中逃脱。我们拉开窗帘：
一广场面色煞白的房子突然转向，狂吐沫子，
这大摇大摆的世界，清高的伦敦[6]。
每个拐角处都有房屋围堵相会的路，
然而我们相见，伫立欣赏这场暴风雨。
即便是在外省的首府
暴风雨也很少进到人的住屋，
率性自然、无家可归的雨，被挡在窗外。
我们站着倾听这猛烈的敲击，它未被净化，
几乎不受这世界的教化——
动情的树梢狂乱摇摆。

3. 从牛津看美国，1970年5月[7]

牛群停在戈斯托草地[8]吃草，
那只孔雀轮动尾巴来散去燥热，
然后以转轴为支点转成一张柳条椅，
令人生厌的短尾巴头犹如蓟花。
英格兰的五月如羽轻拂，而酷热难耐
是美国的夏天。两周便用尽俩月时光[9]；
国内的大学都已关门放暑假，
学生游行，铜管手悍然闯入柬埔寨[10]——
他的笔已丢失，剑在手上折叠如毛毡。
假如我睡得安好，真理就在我们这边？——
十到十二年吧，我这位同代人献出他自己
只为得到新的离婚泡沫……十到十二年——
这气氛如此疏离、闷热，我可能是在家……
我们已攀越烈风，为了能呼吸。

4. 牛津[11]

我们在泰晤士河畔长长的草地上消磨时光，
鞋子压合了黄色的花——
这儿只有柔软的湿地，哞叫的奶牛
和那只打鸣的雄孔雀[12]。我们到来之前，
繁星升起照亮了牛津——
阿兹特克人[13]知道，若要这些星星升起
就必须让我们的肉体腐烂，
受难者的内脏呈瓦片状铺开，
在鱼塘表面变幻成黄色的花朵，
金翅雀的巢，磷光闪烁的海洋
吐着无尽的龙涎香，
变成海豚，相互亲吻傻傻地笑，
不是爱一个对象还心想着另一个。
我们的感官想要取悦我们，倘若我们取悦它们。

5. 大蛇[14]

梦中，我的肚皮是黄色的，好似渐渐成熟的
象牙镶板，华丽，依旧年轻，
只是因为保护我而弄得表面有点粗糙。
我棕色和绿色相间的背鳞触感冰凉。
对一个永远的爱蛇者而言，改变本性
并无损失。我的堕落在别处——
我曾经常让那个女人沐浴在她的水域。
日光下我常常变小，成为一条小蛇，
伏在河边的小径，发起箭一般的攻击。
就像这样，就像这样，当大钟铛铛敲响，
我看见我——一个绿色的猎人，连续跳转身，
新的铜号挂在隐形的佩带上；
他会摸寻鳟鱼，在那条私有河流，
不论在何处，只要它开放，只要它碰巧开放。

6.症状[15]

一只狗似乎在舔管子里的水，
一阵呼哧的狗味儿和狗伴情谊——
终身难忘的水注满我的浴缸——
(是羊水囊还是湖一样的墓穴……?)
从脚掌漫过湿漉漉的脖子——
没有母亲把我抱着举起。
感觉旧疾要发作，它每年来一次[16]:
低落了好心情，接着，不祥的
激情一点就爆……
三只海豚苦撑着我们的小马桶架，
眼睛的嬉笑训斥嘴角的不悦，
它们渴得发疯。我泡在水中，
一遍又一遍地检查
我真正拥有却又反对我的，究竟是何物。

7. 诊断：给远在苏格兰的卡洛琳[17]

愁眉不展的早晨到了下午怒目而视；
紫色和橙色穿着的男同欢乐世界，
儿童圣经中的图片，易腐之物：
手推售卖车中的橙子和红甘蓝。
照亮他们心房的太阳也照亮我的心房？
我看见太阳在我的右手上燃烧，看见
我的皮肤弯曲时就像细细皱起的蝙蝠翅膀。
你走之后，我们的不锈钢器皿渐渐老化，
就像那个年轻医生，他给我开了处方：
住院。二十年来的第二十次了……
海鳟在赫布里斯群岛[18]从你身边游过——
欢乐一族都能通灵，此后若干世纪，
一天都不会老去，它们将振动艳丽的色彩，
在红崖广场上像硬头鳟一样横冲直撞。

注释

① 手稿本中这组诗共6首，不包括现排第1的《居于伦敦》。另，红崖广场位于伦敦市中心的西南部。卡洛琳在伦敦时就居住在此处。

② 这首诗在手稿本中是《冬季与伦敦》中的第2首小诗，原标题为《十九世纪的荷兰房子》(见手稿本图29)。第1行至第10行原为："人不喜欢他们的房子还矗立着；/不久那太过坚固的橡树便被划界，四分五裂，/蜘蛛似的小摆设从无名之物上掉落，/祖父、祖母和未婚阿姨被替换，/做下这些事的二十年代浮生的夫妻/太浅薄捣毁不了他们离开的家园。/在损毁建筑这门艺术上，他们比不上我们。/有尖角的房屋颤颤巍巍上了六层高/只为有别于佛兰芒馅饼切片似的尖顶，/它们被破坏者的脚手架抱住，/如高高的由原始管道搭建的丛林健身馆。/上世纪的哥特式砖头呈现出一种酸红。"

③ "硬汉似的橡树"原文是"manly oak"，橡树是英国的国树，又称"皇家橡树"，有忠诚、勇敢、男子汉气质的寓意，因质地坚硬更是建造战舰的最佳材料，英国海军的老军歌就叫《橡树之心》。19世纪维多利亚女王统治时期，英国海军在世界上占有绝对的优势。因此该词既指女王的建筑物也暗喻了她的军队。此句的另一个词"四分五裂"，原文为"quartered"，也是一个双关词，它作为动词既有安营扎寨之意，也有分成四份的意思。洛威尔运用这两个词的双关意义巧妙地表达了英国昔日荣耀已不再。

④ 当时洛威尔居住在伦敦庞特街33号。那个地区的房子多建于19世纪，仿之前强盛的荷兰佛兰芒建筑艺术风格。

⑤ 手稿本中这首诗（见手稿本图5）在组诗《红崖广场》中原排第1。第1行中的"午夜的树梢"在手稿本中原为"晃动的树梢"，第2行的"激情"原为"新闻"，第5行中方正的"一广场"房子原为"新月似的一弯"房子，第9行中的"外省的首府"原为"不太开化的中心区"。

⑥ 此处又是洛威尔的词语游戏，原文"chalk of London"中的"chalk"，可以指石灰粉，一种常见的墙面粉刷材料，暗合前面提到的面色煞白的房子。同时英语中还有一个成语"walk the chalks"，意指循规蹈矩，由此可知"chalk"又暗指伦敦社会的保守。根据上下文，译者舍弃

了该词的双关寓意，只取其暗指的道德态度。

⑦　手稿本中这首诗（见手稿本图5）在这组诗中原排第2，标题为《从牛津看美国，1970年春》。第10行至第14行原为："假如我们能睡着，真理就在此不在彼，/旁观者？那孔雀转动，那场革命/对于我们并未演进……这高温/令空气如此疏离、闷热，我们可能是在国内的家中……/我们已步行至风之上，为了能呼吸。"

⑧　戈斯托草地，位于牛津市中心西北2.5英里（1英里合1.6093千米）处。

⑨　英国夏天的暑热很短，一般只持续两周时间，而美国东海岸的夏天则可持续两个月，此时多为暑假。

⑩　1970年4月底，作为对越南战争的延伸，美国又发动了柬埔寨战争，并将柬埔寨拖入血腥的内战。

⑪　手稿本中这首诗（见手稿本图6）在这组诗中原排第3。第1行至第4行前半句原为"我们在长长的草地上消磨时光，直到我们的鞋子/压合了它黄色的花。/这儿只有湿地的粪堆，哞叫的奶牛，/雄赳赳的孔雀"；第8行至第9行原为"受难者的内脏镶嵌在鱼塘，/变成黄色的花朵，变成草地、繁星，"。

⑫　原文"rooster-peacock"，此处是洛威尔在利用"rooster"和"cock"玩的一个词语游戏，带有性暗示。

⑬　阿兹特克人是北美洲南部墨西哥的一支印第安人，约11世纪开始崛起，创造出美洲古代三大文明之一的阿兹特克文明，但于1521年被西班牙人所毁。阿兹特克人尚武，宗教在他们生活中占有重要地位，他们相信灵魂永存，崇拜自然神。

⑭　手稿本中这首诗（见手稿本图6）在这组诗中原排第4。第3至第4行原为："我棕色和绿色相间的背鳞触感冰凉，/成熟得过于靠近人生结局，如我似的。"第8行至第11行原为"在日光下，我就变小，成为一条小蛇，/伏在河边的小径，猛地发起攻击。/就像这样，频繁如大钟铛铛敲响，/我看见我——那个绿色的猎人，连续跳转身，"。

⑮　手稿本中这首诗（见手稿本图7）在这组诗中原排第5。第2行至第6行原为"因有狗味儿和陪伴而容光焕发，/终身难忘的水注满浴缸/从

脚掌漫过我湿漉漉的脖子，/从羊水囊漫过湖一样的墓穴。/没有母亲把我抱在怀里。”；第11行的“训斥（rebukes）”原为“否定（denies）”。

⑯ 洛威尔自1954年患上了精神躁狂症后，该病症几乎每年都要发作，严重时需入院治疗。

⑰ 手稿本中这首诗（见手稿本图7）在这组诗中原排第6，标题为《诊断：给远在苏格兰的卡洛琳的一封信》。第1行原为“愁眉不展的早晨成了怒目而视的下午；”；第3行前半句原为“就像一本儿童《圣经》，”；第6行原为“我看见太阳在我的右手上，看见”；第8行至第10行原为“你走之后，不锈的钢老化了，/那个年轻医生亦如此，他给我开了处方：/住院。二十年来二十次了……”；第13行后半句原为“它们将闪耀艳丽的色彩，”。

⑱ 位于苏格兰西北角，人迹罕至，拥有最奇险而壮丽的自然景色，也是鸟类和各种生物的天堂。

住 院[①]

1.鞋子[②]

太多人特快赶赴休歇之所，
扮演小丑，在存在的边缘徘徊，
一只脚在生处，几乎没有这样的权利：
“我不得不停止这桩生意，
我不能再攻击我的医生了，
他已没有胆量抛弃生命……”
“我不在之处，”我们附和，“就是我所在之处。”
沮丧把我们的污秽洗得精光。
我的鞋呢？难道昨晚它们弃我而去，
直奔那模糊不清的光彩？
只见两只脏兮兮、撑破洞的白色网球鞋，
空荡荡，栽在一条单人小径上。
我毫不怀疑它们的去向。它们所走的
生路，万般挑选也就这一条。

2.少年心事[3]

人、地方和事，一旦被亵渎，
便跻身于先于自然的垃圾；
男孩们与半睁半闭的不定时交通灯竞赛[4]，
踮着脚穿过那些碎玻璃宝库，
寻找逼真的手或头。
我曾希望在宽阔洁白的广场上找到几个女孩；
我籍籍无名——遇不着她们，
那些女人承受的命运比死亡更糟——
在牛角大神[5]庇护的伦敦真是怪事一桩。
如今火箭都不像人那般在歧路上越走越远……
我的事已传开，我标记好我的证据，这一摞绦虫，
光滑、撕扯不破、没完没了的
纸张，像刀一样割破我的手指——
五十年一遇，上帝会安排一场约会。

3. 对手[⑥]

有没有一个原初的梦，妙不可言，几乎是
一件艺术作品，老生常谈地复述它时
靠的是我恐惧满满的记忆，
还有我那些敷衍而又万能的韵律？……
长久以来，我们的出租车正在变成厢式货车——
“你-我”[⑦]……一直抱怨我们没见着司机。
他穿过那一货车用帆布包裹的棕色大包，
脚步漫不经心，那些大包开始聚拢。
我很开心，因为我认出了
昨天袭击你的那个男人……
许久之后，那人的脸，棕色，
对称地浮在同样颜色的池子里。
需花上几秒钟才看得清对手已死亡，
同样的水在那张嘴里冲来洗去。

4. 楼梯井[8]

从一张椅子到另一张，一张一张地爬，
我不敢直视这楼梯井的井眼；
它的地基土像复写碳纸一样，
每上一级都会让运动员的心脏停止跳动——
楼梯井空洞、无聊、难以忍受，
同样的话在一张碟上重复着：
以妄想的前进为和平游行，
以妄想的前进为和平游行……
总是紧跟着我，狂风暴雨一般。
亲爱的，这个生病的夏天已经过半。
被斩首的人可曾希望自己成为两截？
他那么爽快、自由、兴高采烈——
或者，他可曾祈盼相反，像我们一样？
彼时我们把两个夏季月份缝合为一个。

5. 沃尔特·雷利[⑨]

皇家骑警和卫兵，一个大红，一个明黄，
艳丽、又无用又陈旧的帽子……
美国人在一张明信片上就能买到这些——
我们可不以梦幻迷离之眼来看他们，
这些骑兵，干净利落地作古、复活，
走出克里米亚和滑铁卢的血滩，
自由地漫步伦敦或践踏法国……
坐在你脚边，我不觉得有压力，
不怕把我们和他们扯在一起做类比。
我们的预兆是，雷利跪求那把斧头——
他不会死的，斧头还没有画出来。
我们的雷利是个小男孩，穿着天鹅绒背心
和宫廷礼服，正在听一个老顽固
编造关于西班牙大陆[⑩]无牙齿的谎言。

6. 复视[11]

我把第二条领带系在第一条上；
没有人一直在门口等候，
然后填满那扇窗……有时是一只缅甸猫，
又或许是我女儿，坐在我的眼镜壳上。
我转过身看见好多人，我的睡衣领口
松松地系在一张椅子细长的脖子上——
你就当是在自己家。那只猫走了出去——
走了吗？房间充满重影，
镇静剂让所见之物皆成双影……
你不能待在这，但我们还是试着聊一聊吧；
在你面前上演闹剧的，另有其人，
我们话不投机争来吵去一个小时。
我们聊天时，我一直在问你：
“卡洛琳在哪？”而你就是卡洛琳。

注 释

① 手稿本中这组诗（见手稿本图7—8、图8、图9）共4首，不包括现排第3的《对手》和第5的《沃尔特·雷利》。

② 手稿本中这首诗（见手稿本图7—8）在影印件里被标明插在第7页和第8页之间。第2行中的“扮演小丑”原为“唉声叹气”；第6行原为“他没想过返航，回到生处……”；第7行中的“我们”原为“他们”；第8行至第13行前半句原为“而且直奔那模糊不清的光彩？/我看到两只灰白、有窟窿的网球鞋，/空荡荡，栽在我的单行道上。/它们的去向确定无疑”。

③ 手稿本中这首诗（见手稿本图9）在组诗《住院》中排第3。第2行至第11行原为“便撤回到先于自然的垃圾；/男孩们沿着眼皮耷拉的公路竞速不计时，/踮着脚穿过碎玻璃的宝库，/怪异吓人的脑袋，形体骨架。/遇见危险就像遇见一个不认识的人。/我曾希望在那个宽阔洁白的夜晚找到几个女孩；/我籍籍无名——伦敦很怪异，/一只灰狼，对着自己的牛角大神嚎叫。/如今火箭都不像人那般在歧路上越走越远……/我待在了家里，整理各个厨房，一群绦虫，”。

④ 在美国公路上有种交通灯，车辆接近时会自动从红灯状态切换到绿灯通行状态，无须等待。高速通过时，交通灯类似眼睛半睁半闭的状态。此处或许与洛威尔在躁狂状态下的记忆有关。

⑤ 原文“the bullhorn God”中的“bullhorn”本义是扩音器，但此处应是指化身公牛寻欢的宙斯，故此译作“牛角大神”。

⑥ 手稿本中没有这首诗，这是后来增添的。

⑦ 洛威尔此处用“你-我”而不是“我们”来指厢式货车，有种分而不裂的意思。

⑧ 这首诗（见手稿本图8）在手稿本组诗《住院》中排第2。第3至第4行原为“基础材料是复印碳纸和软木塞，/每上一级楼梯井运动员的心脏——”；第6行的动词“重复”原为行为动词一般过去式（repeated），后改为现在分词式（repeating）。第13行原为“一只脚朝下，另一只全无方向——”。

⑨ 手稿本中没有这首诗，这是后来增添的。另，沃尔特·雷利

（Walter Raleigh，1554—1618）是英国文艺复兴时期一位多产的学者。他是政客、军人，同时是一位诗人、科学爱好者，还是一位探险家。他作为私掠船的船长度过了早期的职业生涯。在听到有关黄金国的传说后，他便于1595年率领一支探险队前往新大陆寻找黄金，后来发现了今南美洲圭亚那地区。但这次探险是失败的，回国后他因颠覆王位罪被判死刑，但因为名声太大改为缓期执行。十多年后他又上表詹姆士国王请求远征圭亚那，这次仍是一无所获，还侵犯了西班牙的利益，詹姆士国王根据其原判，于1618年将其处死。临刑前他面对刽子手握着的利刃，风趣地说："这种药的药力太猛，不过倒是包治百病。"

⑩　西班牙大陆（Spain Main），指15世纪末到19世纪的西班牙美洲殖民地。

⑪　手稿本中这首诗（见手稿本图9）在这组诗中排第4。第1行的动词"系"（tie）原为"结"（knot）；第3行原为"或是在窗户中等着……有时是一只曼岛猫,"；第4行前半句原为"又或许是我母亲"；第5行原为"我转过身时看见我的睡衣领口"；第8行后半句原为"房间里满是重影?"。

住院 II[①]

1. 声音[②]

“真是创纪录的一年，即使对我们来说也是——
去年三月，我就知道你自己能搞定，
你就是那个真实的你；现在
看你那小丑样，探访者只想赶紧叫车走人，
你戏弄病人，好像他们是你的朋友，
你真正的朋友，想挽救你的形象
远离这间假斯文、不光彩的医院。
你的裤子都穿成反光镜了……那个新的美人儿，
听到她的名字时，我还得要笑。
你丢下两栋房子，两千册书，
一个靠海的工作间，还有两个奴隶
跪着侍奉你，样样满足你——
为什么，以耶稣之名告诉我们吧。”为什么
我一个人傻傻地粘在这里不走？

2.信[3]

“上个月在伦敦我遇见的全是
疲软的交通和令人疲惫的人——
出租车司机几乎把我们聊死，但至少他在乎我们。”
凉飕飕的夏日伦敦，令你更寒凉的是缅因，
那里每件空空的毛衣和空洞的书架都伤人，
每一个要它们服务的借口都已消失。
我们曾想过一起葬在缅因……
可你不想，“不切实际，那里寒凉刺骨，与世隔绝”。
那些糟糕的明信片，是你买来并盖好邮戳给我的[4]，
如今都寄给了哈丽特，皇家骑警、卫兵，
市长马车，还有不能生育的贝丝女王[5]——
甩掉孩子没什么大不了，很正常……
我对着空气呼喊，声音又传了回来——
什么也不能抵达你那黑色的剪影。

3. 威尼斯旧照（1952年）[6]

从有盐时代，是的，从有盐时代开始，
高级妓女、基督徒，就挤满了教堂墓地；
那棵愚蠢的膨胀的树，以嫩枝为头就像个鬼。
卡尔帕乔[7]的威尼斯宽广如这个世界，
哲罗姆[8]和他的狮子大步流星去传道，毫无畏惧……
在托切罗，我在你身后拍的那只石狮子，
venti anni fa [9]，仍然留着蓬乱的鬃毛——
不论我把这张快照摆到何处，你都已搬走——
二十年了。那些妓女和狮子
还泡在卡尔帕乔那种发酵的茶叶色中。
他是不是第一个用绘画来讲故事的人？……
你正在硫黄色的早晨造访波士顿，
把哈丽特丢在夏令营，旧爱啊，
永恒啊，你……一个用茶叶讲述的未来。

注 释

① 手稿本中这组诗（见手稿本图10—图11）的标题为《远岸》。

② 手稿本中这首诗（见手稿本图10）的标题为《来自我妻子》。第2行原为“去年三月，我们希望你自己能搞定，”；第4行至第6行原为“你那小丑样让我们想吐——你让人厌烦，/烦人，烦死你那些朋友，他们想挽救你的形象/带你离开这家假斯文、令人可耻的医院。”；第8行原为“你的西服懒得都冒油了。那个新妇——”；第11行后半句原为“还有一个奴隶”；第14行原为“你还粘在那里，傻傻地远离我们？”。另，参见哈德威克1970年6月25日以及她在同年8月2日、4日写给玛丽·麦卡锡的信。

③ 手稿本中这首诗（见手稿本图11）的标题为《一封未写出的信的笔记》，在这组诗中排第3，原为：“空气中的冰，足够让我/捂住袜子取暖。更冷冽的是缅因——/那里的一切更为真实，真相是一门外语。/那些糟糕的明信片，是你买来并盖好邮戳给我的，/如今都寄给了哈丽特，皇家骑警、卫兵，/市长马车，还有不能生育的贝丝女王——/甩掉孩子没什么大不了，很正常……/在缅因，在我希望死在那的故乡，/每件空空的毛衣和空洞的书架都伤人，/要它们服务的借口都已消失。/我对着空气呼喊，声音又传了回来，/它传不到遥远的岸边，/被仓促抹去，却依然在我耳边回响。/难道酣眠者是不会醒的人？”另，参见哈德威克1970年7月14日写给洛威尔的信。

④ 参见哈德威克1970年8月5日写给洛威尔的信。

⑤ 这些都是英国最具特色的事物，贝丝女王即伊丽莎白一世。

⑥ 手稿本中这首诗（见手稿本图10）的标题为《旧照与卡尔帕乔》，在这组诗中排第2。第3行后半句原为“骷髅头戴帽就像个鬼”；第6行原为“在托切罗，那只狮子啪的一声蹿到你身后，”；第9行后半句至第14行原为“圣人和狮子/还泡在卡尔帕乔的茶叶色中。他是不是/第一个用绘画来讲故事的人？……/你大清早造访波士顿，/把哈丽特丢在夏令营，旧爱啊，/永恒啊，你和我……被虫蛀的时间。”。另，参见洛威尔1972年7月28日写给哈德威克的信，信中有这首诗的另一个修订本。

⑦ 卡尔帕乔（Carpaccio，1450—1525），威尼斯画派的叙事体画

家，擅长画建筑物。

⑧ 哲罗姆（Jerome，约342—420），天主教神父、忏悔者、神学家和历史学家，俗称圣哲罗姆。他最出名的事迹是把大部分《圣经》翻译成拉丁文。相传圣哲罗姆在旷野给一只狮子疗伤，拔出了它脚掌上的刺，狮子遂成了他忠实的伙伴。后世的艺术家以此为题材创作了不少世界名作，卡尔帕乔的《圣哲罗姆与狮子》就是其中之一。

⑨ 意大利语，意思是“二十年前”。

卡洛琳[①]

1.闪回1966年的华盛顿广场[②]

你推车里的两个孩子，也许三个，
你们四个都穿着布鲁明代尔[③]马球外套；
似乎她们要冲的是一条道，而你，是另一条——
把她们撂在马路牙子上，你高兴坏了……
我们都是周日出门的人，在遇到彼此之前。
我们遇见太多的人，妻子们和丈夫们；
那家人忍受着，那孩子从未断奶，
在猜错这事上吧，父母们永不失手……
欢乐时光这点酒钱是多么吝啬，
它施舍时总喘着气，还吹嘘自己体胖……
我不敢为我们那不受束缚的爱情辩解——
我们挣得的信用没有烧掉的多，
快乐此刻将皇冠戴在轻信的脑袋上，
迫切想要成为我们现在的模样。

2.脆弱[④]

一只脚在去年，去年的七月，
那个静止的月份，那长似一个月的一天。
我们已抵中途，你落后十五个年头，
比哈丽特整个一生多了半年。
时钟疯狂留意着我身后的动态。
这家医院正是引火线……阻碍了太阳，
忧郁症洒落在那条盲根上，
猫细细啃着预报雨情的嫩芽，
闷骚的八月是我游移不定的目光。
希望不再那么伤人，或自认为有可能如此，
我等着这家医院燃烧起来。
把我留在你的身影里吧……金色浸灰你未染的秀发，
纤弱的运动员体格，希望在热烈鼓掌[⑤]——
荣耀你的正是你的幽默与脆弱。

3. 七月八月[6]

住院期间我靠看新闻入睡：
七月四日[7]，巴士底日[8]，十六日
你的生日……我两个月的公休假。
八月，迷失在英格兰的夏天。
绿色的荨麻用酸刺激覆土，
将去年夏天耙开的残叶消化殆尽……
一次同时发病就够我们受的。
从布莱顿到福克斯通[9]，头都趴着，
病人们痊愈，医生们平静死去，
摘下那朵只开一时的人造花——
那位父亲无法邮寄哪怕是一只龙虾
或是海滨裸体明信片，以证明他做过朝圣。
无人需要我的信盖上邮戳……我爱你，
就像一面打碎的透镜，引燃这贴身的暗火。

4.婚姻?[10]

“无时无刻不在想你，
时时刻刻都爱着你；
你不在身边的日子空洞，无聊，无法忍受。
感觉就像被某种情绪麻醉，
无法计划、思考、写作或感受；
mais ca ira[11]，这些事会过去的，
虽然看似一团糟，我却有一种奇怪的感觉，
也许，我们的事情会顺利解决的。
正如你所言，我们已越过戈斯托湿地，
到达坎伯兰[12]和它那些窄如发丝的罗马道，
爬上哈德良墙[13]，吓退了臭皮克特人。
婚姻？那是另一段故事。我们见过
晨光在柏油上闪耀着钻石的光芒。
有那么一刻，这条路我们仿佛拥有过。”

5. 蓝色晨曦[14]

洗澡水哗哗不停流入，十分钟，二十分钟，
火扭摆起来，失业的泡沫渐渐变凉；
我暴露着，不断猜测自己是否能够承受
这晨曦的寒意和它的围裹。
浴室是一抹日光，
壮实又慌乱的鸽子嗖嗖挥动翎毛——
终有一天鸽子会遗忘那扇窗；
我忘不了——我，一直在飞，没有窗台停落。
踏上铺着地毯的楼道，你的鞋咔嗒
咔嗒走近了，又心不在焉地撤回，
撤回的人生就像扑克游戏中的一张坏牌。
人生被撤回，但它终究会……
外面更安全些；在室外，
那辆飞速撞向我们的汽车，有急转的空间。

注 释

① 手稿本中这组诗（见手稿本图12—图13）共4首，不包括现排第4的《婚姻?》；组诗原标题为《婚姻?》，后改为《卡洛琳》。

② 手稿本中这首诗（见手稿本图12）的第2行原为“你们四个都穿着相配的马球外套;”；第6行后半句原为“妻子和丈夫,”（单数形式）；第7行前半句原为“损失持续存在,”；第12行原为“但它砍掉的通行费肯定比男人计算的要多——”；第14行原为“死就是变成我们现在的模样。”。

③ 布鲁明代尔，美国一家主要销售奢侈品的大百货公司，成立于1861年，隶属于梅西百货集团。

④ 手稿本中这首诗（见手稿本图12）的第1行原为“一只脚在八月，一只在去年七月,”；第4行原为“时间跟我坚守的婚姻几乎一样长。”；第6行至第12行前半句原为“这家医院阻碍了太阳，燃烧起来，/它的猫细细啃着预报雨情的嫩芽，/忧郁症洒落在那条盲根上，/闷骚的八月是目光游移的眼睛。/医院是火煤，而且非常紧张。/希望不再那么伤人，或自认为可能如此——/你把你的影子借给我。”；第14行原为“荣耀见于你的幽默与脆弱。”。

⑤ 原文为“her big hand”，根据上下文，这里的“her”应该是指前面提到的拟人的“希望”，而“big hand”在英文中还有“热烈鼓掌”的意思。

⑥ 手稿本中这首诗（见手稿本图13）的第2行至第3行原为“七月四日，巴士底日，你的生日；/革命是在公休日。”；第6行原为“将去年的信念之残叶消化殆尽”；第7行原为一个完整的句子“一次同时发病就够了。”；第8行原为“从布莱顿到圣特罗佩，头都趴着,”；第10行至第13行前半句原为“没有成功保存一张咸湿的/裸体明信片或日落红般的龙虾，以证明他们的旅行。/我没有要去信的朋友……”。

⑦ 美国国庆日。

⑧ 法国国庆日，纪念1789年7月14日法国人民攻破巴士底狱。

⑨ 布莱顿是位于英格兰南部的海滨城市。福克斯通是位于英国东南端肯特郡的一个偏远小镇，人们多靠捕鱼为生。

⑩ 手稿本中这首诗（见手稿本图43）收在组诗《婚姻?》中，排第5。第10行至第11行前半句原为“抵达约克郡和那些单行的罗马道，/攀上哈德良墙,”。另，参见1970年夏卡洛琳写给洛威尔的信。

⑪ 法语，意思是“会好起来的”。

⑫ 坎伯兰，位于英格兰西北部，曾是英国的一个地区，1974年并入新的坎布里亚郡。

⑬ 哈德良墙，罗马帝国在占领不列颠时，为了防御居住在苏格兰北部的皮克特人，于公元122年修建了这堵高约5米、宽约3米、长达117千米的高墙。

⑭ 手稿本中这首诗（见手稿本图13）在这组诗中原排第4。第1行至第2行原为“洗澡水哗哗流入，十分钟，二十分钟，/冰的扭摆，燃烧着的失业的泡沫;”；第3行的动词“承受”（take）原为“抵御”（make）；第5行至第8行原为“壮实又慌乱的鸽子在无遮蔽的窗户里/嗖嗖挥动翎毛，日光的涂抹。/鸽子会及时忘记那些窗户；/我忘不了——男人，一直在飞、没有窗台停落。”；第9行至第10行中的象声词“咔嗒”（clack）原为“砰砰”（thump）；第14行原为“那辆飞速撞向我们的汽车，在后面滑移。”。

学期间的夏天[1]

1

天很闷热，没有一丝风，我大汗淋漓，
这夏日的帽状云和夏日的炎热……
当然，好作家也完全可能写错——
我们是不是良心黑暗，眼患白内障，
只会责怪别人，就像他们责怪我们?
(这句写了我们，而仁慈想的却是我……)
成熟地书写错误竟需要如此痛苦的磨炼……
我在一张椅子或梯子上，站得太久，
闪电像叉子一样刺穿我的思想和经脉——
我无法把自己这幅沉重的画挂端正。
我看不见自己……在寄养的猫舍，
公猫们在打盹，直至猫砂都很可口，
然后发现自己的幼崽，咬断幼崽易碎的头。
它们以铁石心肠，叫我们去赢得星星。

2[②]

平原，火车，卡车隆隆穿过花园，
那个上帝派来贬低我的评论员
此刻正在我的尘囊中翻找银勺——
他和我靠不停地码字继续活着。
在英国，靠文字谋生有多种方式——
读诗只抵火车票价[③]，主办人以酒伤身；
因为紧贴围绳[④]，我一只耳朵坏了。
我会找个低矮之地，每小时吃自己的一只蟾蜍[⑤]；
就算是大骗子也会在骗局前畏首畏尾，
并对自身的手术切口感到羞愧难当——
他们按时间表生活却无时间可言。
抱歉，现在跑在我身边的是野兔，不是猎狗。
我浪费光阴写写擦擦，重复一行诗句，
仿佛倾听良知即是在告知真相。

注　释

① 手稿本中这首（见手稿本图14）不是组诗，这里的第1首是后来增添的。另，英国学校的暑假一般是从6月中旬放到9月中旬，而英国的夏天一般是指6月、7月、8月。

② 手稿本中这首诗（见手稿本图14）第1行原为“平原，火车，车流隆隆穿过花园，”；第3行至第5行原为“此刻正在我的尘囊中翻找他那只银勺，/以便继续码字继续活着。/在英国，谋生的方式肯定有很多种——”；第7行原为“活力就在我腿部的肌腱与脂肪中，”；第12行至第14行原为“我花了一个早晨回了十个词，/仿佛倾听良知即是在告知真相。/抱歉，现在跑在我身边的是野兔，不是猎狗。”。

③ 当时在英国参加一场读诗会的酬劳只够买来回的火车票钱。

④ “围绳”这个意象令人联想到拳击竞技场。

⑤ “蟾蜍”这个词令人联想起玛丽安·摩尔的诗句“想象的花园里有真实的蟾蜍”（《诗》）。另外，英语中的“toad-eater”（吃蟾蜍的人）相当于中文里的“马屁精”，此处也有自我安慰、自我鼓励的意思。

秋天周末在米尔盖特

1[①]

白天一语不发，一无所缺……上帝啊；
是月光在试图为我的人生扣上金帽，
从我的所需与所爱中索要回报，
我不过是硬边罗马大道上[②]的香客。
你的画像真好看，脸上带着你的真诚，[③]
那位画家，你的第一任丈夫，总让女孩目不转睛。
你墙上的镜子，一块嵌着蓝宝石的平板玻璃，
卷纹边饰，钩形叶，呈现出这张脸，
眼睛巨大，目光里有黎明，思绪沉静，
显然是在故意忘却，自 1952 年以来……
我望着，极度兴奋的一群母牛在发抖；
你坐着，用一片栗树叶子做出鱼的脊骨。
我们都处在十字路口，目光发散，
停顿的人生不太自在，做人我们好卑微。

2[④]

湿淋淋的树叶，黄绿色，橡胶似的紧贴着，
我们贴在车窗上的眼睛都无法坚持那么久；
气流肆虐，却无一片翻滚飘落……
弱视的眼看见秋天许多的分娩奇迹，
逆时光回望……去年四月在伦敦，
五十年代末在纽约，我们就已倾心[⑤]？
秋天用巨型绿叶吸拭我们的挡风玻璃；
季节在美国举办内燃机竞赛，
埋葬旧木料，无休无止——
叶枯病、街头涂鸦以及那个被弃的女孩……
那位情人成天泡在杜松子酒里，试图解开内心的谜题。
大自然同哲学家一样，有一个套路，
只适合重复它最擅长的事：
生命从木头中诞生，生命从生命中诞生。

3[⑥]

米尔盖特矗立已有四个世纪，
好房东与糟蹋者交替更迭。
多数介于两者之间。这个周末我们是屋主，
十月的天气舒适宜人。正午的温热
将寒毒从詹姆士一世时期[⑦]的砖头里排出，
还邀请荒野来到我们门阶前：
鼹鼠、荨麻、上周日的新闻、去年夏天的玩具，
面包、奶酪、蜂蜜罐，一棵伐倒的榆树
像建筑物一样堆叠在厨房花园里。
温暖的日子引来黄蜂分享我们这份幸运，
这些蜜糖的吸食者，进化的领航员；
几十只落在啤酒罐里，攀爬，嗡嗡叫，
像我们一样争论着，是要留下来溺死，
还是，纵使失去腿脚和翅膀，也要逃离。

注 释

① 手稿本中此诗（见手稿本图15）用词多有不同，原为："白天一无所见，一无所想……上帝啊。/是月光希望为我们的人生重新镀金，/从我们生活所需与所爱中索要恩典，/我们不过是硬边罗马大道上的香客。/你的画像容光焕发，面容真诚。/那位画家，你的丈夫，总让女孩目不转睛。/你墙上的镜子在一块嵌着蓝宝石的平板玻璃中/呈现出同一张脸，眼睛巨大，目光里有黎明；/你的玫红彩釉不会皱，图像不会变，/显然是在故意忘却，自1950年以来……/此处一群发抖的母牛和极度兴奋的树叶/我们都处在目光发散的十字路口，/停顿的人生不太自在，做人我们好卑微。"另，参见诗集《笔记本》中的《墙镜》一诗。

② 暗指诗人对古典文学的热爱。

③ 卡洛琳的第一任丈夫卢西安·弗洛伊德（Lucian Freud，1922—2011）是个画家，他为卡洛琳画的肖像画《床上的女孩》（1952年）十分细致传神。洛威尔因心脏病发作死在去往前妻哈德威克公寓的出租车上时，怀里就抱着卡洛琳的这幅画像。

④ 手稿本中这首诗（见手稿本图15）的第4行原为"因彩虹和虚假的春之火而温暖。"；第6行至第11行原为"逆时光回望；我们最初相遇/是在去年四月的伦敦，或是五十年代末的纽约？/你的容颜在我黑暗的视线中十年未改。/季节在美国举办内燃机竞赛；/那位情人成天泡在杜松子酒里，试图解开内心的谜题；/夏天用巨型绿叶吸拭我们的挡风玻璃……"

⑤ 第4行中的"秋天"与此处的"倾心"原文均为"fall"，属语言游戏。

⑥ 这首诗与手稿本（见手稿本图16）一致。

⑦ 指1566年至1625年期间。

唱　片[1]

“……周日我整理所有唱片，
播放它们时，突然听到
你的一些声音，于是建议
哈丽特也听一听，紧接着
我们两个都摇头。就像是在听
逝去的心爱之人的声音。[2]
这是一种全新的感觉……信收到了，
就在今天早晨，是你周六写给我的。
我以为自己会心碎一千次，
但我宁愿把它读上一千次
也好过读之前那些敷衍虚伪之词——
你注定会知道我已知你的所作所为，
与某人躺在一起，对抗虚幻——
爱，被他的迷之粗心彻底击败。”

注　释

①　手稿本中这首诗（见手稿本图17）的标题是《“我在播放唱片”》。第1行原为“至爱的，周日我在播放唱片”，修订版用省略号替代了表达亲密的呼语“至爱的”，译诗为了上下连贯调换了原诗第1行和第2行的顺序。第11行原诗稿中多了“所有”这个词修饰“那些敷衍虚伪之词”。

②　参见哈德威克1970年10月16日写给洛威尔的信。

在哈丽特的记事本里[1]

你必须在孤独中坚强起来，命运说，
目前也只有这种念头必须成为你的庇护所——[2]
这句话写在你的记事本里，被你的照片曝光。
你已初长成女人但还不完全是女人，
俯身端详一根刚拔的草儿[3]，托在掌心
就像一张视力验光卡——你会在忘却中成熟。
一个女孩不可能一直笑对人生。[4]
营地的其他女孩随着你沉思的姿态摇摆，
她们也必须拉长脸去凝视一片草叶；
但你却失了焦，像我一样，模糊，
离情下作，用雾罩住镜片——
又一个屈辱需要呵气驱散，
却以单音节嘶哑唏嘘——
种种深刻都过于肤浅，难以言表。

注　释

① 手稿本中这首诗（见手稿本图18）的标题是《哈丽特的记事本》。另，参见洛威尔1970年8月27日写给哈德威克及女儿哈丽特的信。

② 这两行诗句摘自《保罗·克利日记》，据哈丽特说是印在记事本上的，非她所写。保罗·克利的原句与洛威尔的记忆略有不同。

③ “草儿”在此处还有一层暗喻。自《圣经》译介到英国伊始，以草隐喻人生就贯穿英国文学。

④ 参见威廉·燕卜荪的诗歌《来自安妮塔·露丝的反思》，其中有言：“绅士偏爱三寸金莲和蜂腰，/一个女孩不可能一直笑对人生。”

沟　通[1]

“这些越洋的沟通与交流，
只有一次你还算是轻松愉快——
电话里谈得如此糟糕……多么希望
我手里拿着你可爱的来信，
由举止端庄的亚历克斯[2]送来，
就在你挂断电话的那一刻。我已离开
去道尔顿[3]取哈丽特的成绩单——
做一个有灵魂的人好恐怖，
每月都得在末日文书上签一次到，
因为活得不够，所以还活着。
一切如常，心尖宝贝，又过了一个月……
昨晚她都在与我们彻夜交谈，
三个机敏的女人[4]又激情勃发。
韶华真好……倘若你芳龄……十三。”

注 释

① 手稿本中这首诗（见手稿本图19）的第1行至第2行原为“你的越洋沟通与交流，/亲爱的，这一次你还算是轻松愉快——”；第10行前半句原为“因为没活过”。

② 洛威尔与哈德威克原先在纽约住处的一个门卫。

③ 指道尔顿学院，位于纽约曼哈顿，是一所久负盛名的学校。

④ 此处可能是指哈德威克和她的女伴以及哈丽特。

梦[1]

数月来炽热的爱让我坚持前行，
现在我很健康，我受不了了；
女人看穿我，满脑子都是奶酪的笨蛋[2]。
戴着镶珐琅的金色项圈的男孩们：
身穿来自波提切利服装店的
紫绒紧身裤和短上衣的男孩们，
患白化病的押沙龙[3]们；他们用长矛和翼网
刺探我的灌木丛，而我试图呼吸，
我躲藏时尽量保存呼吸。
这可不是佛罗伦萨或德国的雇佣军；
这可是英格兰，是主战场——仁慈曾是凶手，
当年在托顿[4]，两万兰开斯特将士战死沙场，
爱德华国王[5]的传令官们清点的，
为让世人瞩目，将死亡人数翻了一番。

注　释

① 手稿本中这首诗（见手稿本图20）的标题为《猎捕》。第1行中的“炽热的爱”原为“爱的毒药”；第4行至第7行前半句原为“看见我的金色项圈上镶着珐琅，/来自波提切利服装店的男人/穿着紫绒紧身裤和短上衣的男人，/梳着押沙龙的发型，”；第10行原为“这些不是托斯卡纳或罗马雇佣兵;”；第14行原为“他们清点时将死亡人数翻了一番。”。

② 参见奥维德的《变形记》，其中有个独眼巨人波吕斐摩斯，在追求仙女加拉提亚时，他全身总是装满了奶制品，并用一首冗长、感人而又荒诞不已的歌谣来为自己的求爱作势。

③ 押沙龙是基督教圣经故事中的人物，大卫王的宠儿，逆子，反叛父亲，战败后被杀。

④ 指托顿战役，又称陶顿战役。英国玫瑰战争中的决定性战役，发生于1461年3月29日。约克军队大获全胜，兰开斯特家族几乎全军覆没。

⑤ 指爱德华四世（Edward IV，1442—1483），英格兰约克王朝首位国王。

美人鱼

1[①]

我从美人鱼身上学到了我想要的
以及她那种燎人的尾巴与优雅的熨合。
缺陷都能为她所用。她还有哪些魔力?
失败迅速转化，不断升华，
泡沫与牛蛙，小船般在水面划行，
肚皮沉在水下三英寸[②]，可劲地拖延——
这是欲望贪婪的虚构。
无人与她共沉泳，同呼吸。
美人鱼摆平鲽鱼，又挑了一条鳟鱼，
刀与叉在脊柱上演奏成串的歌，
泪珠里渗出难以察觉的白朗姆酒。
她杀死的酒瓶比大海沉下的更多，
还将情人们被榨干的骨头泡在盐水里，
在马拉松式泳游的休息期间细细啃咬。

2[③]

波德莱尔怕女人，写过“昨晚我依偎着
一个可怕的女黑鬼”[④]。悲哀呀黑人民权，
悲哀呀法国女人还有法兰西院士。
为何我要用自己说的话令月亮羞红脸庞?
仙境中的爱丽丝拥有金色的直发，
五官端正，身材玲珑，曲直有致，
凸出的眼睛大过你男人紧捏的拳头，
被打发走时灰头土脸地溜了——
你同我一起被打包进了坟墓，
那里的收件人却从不打开任何包裹……
差不多一年了，几乎成了我第三任妻子，
就这样接受，就这样相邀，就这样排除万难，
果汁没了就冲向音乐——
像蝴蝶一样飘忽，像蜜蜂一样叮蜇。[⑤]

3[6]

我们的相聚不再像荧幕上的故事；
我看到我脸上的鼻子只是鼻子，
你的 *bel occhigrandi* [7]只是眼睛，
照片中的你拍得如同艏饰像
或是罗马人船头端坐的美人鱼，
灿若晨星或冉冉上升的金发女星。
我们这对黑色锡制朗森牌丁烷打火机
在床单上滚打，完好无损，
太多了，烧掉太多的香烟……
夜色沉暗，没收到你那必要的召唤，
是时候把你那些照片转过去对着墙了；
你的月眸水汪汪，你紧张的嗓音
生硬地说出我的指令："快走吧你走。"
好个女低音美人鱼，竟然随意失聪。

4[8]

在我眼里你就像一头小虎鲸，
在七大洋自由行走，捕食，
内心温暖却裹着一层冰质内衣，
曲背蓄势……体力、朝气、意图
和技艺，全都用来猛冲或猛扎——
如今被征服便从咸海中吊起升空
在一巨型公共水箱里噼啪摆尾，
这是打发周日无聊的大事……我痴爱着的人啊——
在威尼托大道[9]上，一个女孩
在一家玻璃咖啡馆里数窗户，
她时而对着菜单颦眉，时而一一排除
人行道上拟饵般快闪而过的史前人……
你那耐力，上学时曾让你当上右内锋[10]
秒杀那些大头男孩，如今它让你保持纯洁。

5[11]

有人曾好奇谁下一个与你见面、约会
拼死也要夺过你那手中的危险。
钱会淹死你？贫穷，尽管现在
很时尚，但它和钱财一样贬低女人。
你不用香水，用鞋油擦眉毛和睫毛，
愿意素颜面对这个世界。
我在汹涌的黑色大海中搜寻过你，
见过那湍流为你跌落而亡，
即使对你的拥有者而言，也总是那么迷人，
你这藏身危险洞穴的难缠的蛇妖。
我缺乏男子气概，完不成捕鱼之行。
很开心能躲过欺骗与那场风暴，
感谢大海将骇人的美人鱼隐藏——
如同上帝，我几乎怀疑你是否存在。

注　释

① 手稿本中这首诗（见手稿本图21）的第11行至第12行原为“美人鱼在天堂的露珠上放牧；/她杀死的酒瓶比大海还多,”。

② 1英寸合0.0254米。

③ 手稿本中这首诗（见手稿本图21）的第3行原为“悲哀呀法兰西学院和抄书吏。”；第4行中的“我”原为“我们”；第14行原为“感受明天就像我感受今天。”。

④ 此处应该是洛威尔记忆有误，合并了波德莱尔的两句诗，一句是《天鹅》中的“我想起那瘦弱的女黑鬼/从泥泞中醒来”，另一句来自《萨拉组诗》中的“入夜，我依偎一位可怕的犹太女郎”。

⑤ 这行诗句来自拳王穆罕默德·阿里（Muhammad Ali，1942—2016）对自己拳击的速度充满自信的描述。

⑥ 手稿本中这首诗（见手稿本图22）在这组诗中排第4。第11行原为“是时候把你那张照片从墙上取下了;”。

⑦ 意大利语，意思是“美丽的大眼睛”。

⑧ 手稿本中这首诗（见手稿本图22）在这组诗中排第3。第3行中的“内衣”原为“外衣”；第8行原为“对周末的孩子们和盲目的爱是件大事……”；第10行原为“坐在一家玻璃咖啡馆里数窗户,”。

⑨ 位于罗马。这里是罗马最具魅力的街道之一，罗马最繁华、最负盛名的餐馆、酒店、商场和夜总会等休闲、娱乐场所都聚集于此，许多名流和高端人士都曾造访。

⑩ 球赛术语。

⑪ 手稿本中这首诗（见手稿本图23）的第1行至第6行原为“我好奇过谁下一个与你见面、约会，/在你的肉冻里搏斗。/钱会淹死你？贫穷跟财富一个样/贬低女人，虽不为时尚。/你不用香水，用鞋油描眼睛，/愿意不用面子来面对这个世界。”。

美人鱼孩子[1]

梦中，我们和孩子们一起驱车前往福克斯通，
绵延数英里的片片灰烬对于她们的小脚丫是安全的；
多数海岸是沙滩，但这一处景色更开阔，
海被退潮沥干，化为尘土与沙丘
吹向挪威，如棕色的纸袋[2]。
再见，我的海洋，你从来都不是我的白色果酒。
只有带着孩子的父母才能去到海滩；
我们有孩子，拖拽，停下，逗她们自己走，
这些做法对孩子们而言就是蛮不讲理。
她们骑在我们肩头，把我们累趴在地上；
后来就感觉不到重量了，也没有留下脚印……
我们把她们落在了哪里，她们在身后又小又黑，
美人鱼的鳍和尾巴，就是她们收音的晶体管[3]，
我们遥远的孩子们，成了天上的木炭画？

注　释

① 手稿本中这首诗（见手稿本图24）的第3行后半句原为“但这里景色更枯燥,”；第4行前半句原为“退潮将海沥干”；第7行原为“只有带着孩子的父母才让进去;”；第8行至第9行原为“我们有孩子，拖拽，停下，求她们自己走,”；第11行前半句原为“后来就感觉不到负担了,”；第12行前半句原为“她们被落在了哪里”。

② 这个比喻暗示时光流逝、世事变迁的速度。有可能是受到伊丽莎白·毕肖普的《犰狳》中“纸屋堂”的启发。另外，这首诗中的另一个意象“灰烬”，在《犰狳》中也可以看到：“一把无法触知的灰烬。”

③ 原文transisters，疑似transistors的错误拼写形式。

她　们[①]

为何女人就比我们厉害那么些许?
和一个女人共寝，醒来就想要“解放”，
她的束缚成了皮鞭，她生产时我们就失业。
她这个见证者吹响了我滑向疑影之谷的号角:
女人得胜，仇恨泯灭。
(蛆虫会转而去啃噬她这个获胜者的足跟吗?)
司汤达[②]知道女人应该接受一种教育:
“没有哪种文明依靠的是它优秀的男儿，
它的巅峰仰仗的是它孩子的母亲——”
看管迷途的孩子不会有假期……
如果母亲不再关心自己的孩子，
文明就会沦落到只剩下各种制度，
就会说:“你们这些该死的小变态，
我又没去找，是他们自己找上门的。”

注释

① 手稿本中这首诗（见手稿本图25）的标题是《女人》，原为组诗，后删除了第2首。第1行原为“为何你们就比我们厉害那么些许?”；第3行原为“束缚的鞭笞，分娩的阵阵剧痛。”；第4行中“她”原为“她们”；第6行原为“什么的蛆虫掉头攻击，蜇咬获胜者的足跟?”；第10行原为“看管迷途的孩子让人有了假期——”；第14行原为“我又不是为他们而来，他们自己找上门的。”。另，被删除的第2首译文如下：“父亲是唱诗班指挥。礼拜日暂停不唱时，/他喜欢和那些女孩子闲逛一个上午，/然后回到小屋，在餐桌上吃着冰冷的饭菜。/母亲锁在床上，以小报为食。/你该见见他，耳鬓发白，/秃头，比一个台球更少偏置——/聚会他从不早退。有一次母亲先退了，/我跳下车摔断了腿……/我想念他，更想念母亲冰冷的沉默——/多年以后，他说：‘那一跳你是多么快乐。’/我不开心时，会试图拉长那一个小时/比它更早一个或半个小时吧，/孤苦无依，四点钟便醒来，为夜晚祈祷——/可爱的女士们帮我度过了这一天。”

② 法国作家，代表作《红与黑》。

朋　友[①]

你的长臂鹿角似的倚在哥特-粗野式[②]壁炉上，
那炉架敞阔，值得你一展翼翅……
我们说的任何话语，都只为宽慰我们孤独的心——
在校时我们两个初生牛犊，何等意气风发，
现在回顾起来，撒上了些许怜悯作调味。
有些意思从来不用词语表达，
人不会在坐厕上向自己袒露真相，
自知之明游向鱼钩，后来又掉头——
我们明白拉丁文中动作对象不能做主语。
“你说你要再婚，无法孤身一人，或分身两地……
所有这些让我想到一点，你，
在你这个年纪。……想想看，这可是大事
你的人生大事——你是真想
和任何人住在这同一间房吗？”

注 释

① 此处应是指洛威尔的好朋友布莱尔·克拉克。手稿本中这首诗（见手稿本图26）的第6行原为“有些意思从来找不到自己的语言表达方式,”；第10行原为“‘我必须结婚，我应付不了两个。’”。第11行至第14行原为另一个人的引语。

② 原文为“Goth-rude”，是洛威尔自造的一个词。布莱尔身材高大，撑开双臂，姿势简单粗野，“rude”一词的读音与“rood”相同，又令人联想起十字架，或耶稣受难的形象。

在邮件里①

“你的学生写信给我，说如果他乘飞机
经过哈佛，在任何角度，任何高度，
都会看见一个失踪的人，罗伯特·洛威尔先生。
你坚持这样对待哈丽特，好像她
三十岁了或者是个摔跤手——她才十三岁呀。
她正常又善良，因为她曾经拥有正常又善良的
父母。她的人生如今遭受必然的威胁……
我爱你，亲爱的，这里只剩一个黑漆漆的空洞。
漆黑如没有你的夜。我渴望见到
你的脸庞，听到你的声音，握住你的手——
我正看着一只邋遢的海豹色土拨鼠啃食
杂草，然后抬起它贪婪的鼻子，倾听，
然后又回头快速地吃着。它重达一吨，
用力咀嚼的样子就像你那熟悉的模样。”

注　释

① 手稿本没有这一首，这是后来增添的，但它糅合了手稿本中组诗《飞往纽约》中的《狐皮》和《〈弥赛亚〉》中的部分诗句（见手稿本图47）。另，参见弗兰克·比达特1970年6月4日写给洛威尔的信，哈德威克1970年10月16日下午5点13分发给洛威尔的电报，洛威尔1972年4月2日写给哈丽特的信以及哈德威克1972年夏写给洛威尔的信。

怀 疑

1.抽牌[①]

牌桌为黑色，纸牌正面朝下，
黑布上是黑色牌背；运气很快来了，
我抽到一张我不想选的牌，
扔掉了我发誓要持有的那一张。
梦想比切花枯萎得更快，
但我记得我纸牌上的数字，
任何哲学家都不会带上床的数字……
该不该将启示像私人信件一样封缄，
直到所有受益者都已离世，
直到我们正当的名字都变成不当的“人生”?
关注点在我和一个模糊的内在；
散步时，离我最近的事以慢动作展开，
暴力的街头人生驾着轮辋疾驰，
飞溅的钢屑自摇摆的意志擦落。

2. 直指困境的症结[②]

从沮丧的旧世界，到空白的
新世界——简直是摇摆不定的水刑！
真正的蛇窝不是演独角戏的美狄亚[③]，
那个唤醒发中群蛇的女妖；
这是无法与别人同行的空间，可以散步，
思想，或不思所想，诸事不闻：
“她爱我太深，爱得忘却了我的福利……
她们只是不能承受你这样回家
三周，然后离开一年。她们承受不住。
她们再也忍受不了任何事了，
她们太累太痛也太疲惫。一切并无改观，
她们知道你真正的毛病是一种恼人的
无视孩子之言的耳聋……并且疑心
任何人都帮不了你。”

3. 批评家[4]

我的怀疑，那消失之物最后的闪烁，
是不是一个光荣的话题?
你知道你与真实的你相比改变有多大吗?
如果可以的话，我会改变我的真实自我:
我充满怀疑……不确定步子是否迈得太大。
我担心我会留下很多窟窿，让一把快刀
将那朵吹成的玫瑰从木刺上割下。
批评家应该让自己的利舌用于赞美。
只有献血者才保留语言的天赋;
血把活力赋予活着的一切，
甚至给流亡者，他们经受考验的灵魂叹息，
白日无所事事，因为他们认为
想象力无所事事方能成熟，
他们期盼的是——选择，摇摆生出的孩子。

注 释

① 手稿本中这首诗（见手稿本图27）的第2行原为“黑色牌的空白领域；然而靠运气”；第4行原为“率先打出那张我发誓要持有的牌。”；第5行中的“切花”原为“秀丽的花朵”；第8行中的“封缄”原为“保留”；第12行“散步时”后面原没有逗号。

② 手稿本中这首诗（见手稿本图27）的第1行至第2行的前半句原为“从沮丧的旧婚姻，到另一段婚姻中的/空白——”；第5行至第6行原为“这样的空间，可以散步，做笔记，画去/笔记，凝望，散步，临时改道。”；第7行原不是直接引语，从第8行起才是直接引语；第8、9、10、11行中的“她们”原为“我们”；第12行末尾的“恼人的”原为“茫然的”；第13行中的“并且疑心”原为“我疑心”。另，参见洛威尔1970年11月15日写给玛丽·麦卡锡的信。

③ 美狄亚，希腊神话故事中伊阿宋的妻子。伊阿宋在美狄亚的帮助下，盗取金羊毛回来，发现父亲被新国王杀死，美狄亚利用法术帮助他惩处新国王，夺回王位。后来他们来到科林索斯，生了两个儿子。但伊阿宋变了心，要做科林索斯国王的女婿，并要把妻儿赶出境外。这激起了美狄亚的愤怒。她设计毒死了国王和公主，又忍痛杀死了两个儿子，绝了丈夫的后嗣，她如此惩罚了伊阿宋后乘车逃往雅典。而她的车辇正是由两条蛇所拉。此处估计是洛威尔有意将美狄亚（Medea）和希腊神话中的蛇发女妖美杜莎（Medusa）混淆在一起，让人转转脑子。

④ 手稿本中这首诗（见手稿本图28）的第1行至第2行原为“我的邪性不是一个光荣的/话题——那消失之物最后的闪烁。”；第6行至第8行原为“我担心我会留下一个窟窿，让那把利刀/将那朵吹成的玫瑰从依然青绿的刺上割下。/批评我的那个人应该让她的利舌用于赞美。”；第9行中特指的“语言的天赋”原为泛指的“一种语言的天赋”；第10行的“活力”（being）原为“感识”（sensation）；第11行的“流亡者”原为“囚犯”。

冬季与伦敦[①]

1. 封闭的天空[②]

一百个早晨迎接同一片封闭的天空，
这是大自然的一场表演，一张布幔
用欧洲的尘霾裹住伦敦的尘霾——
它的内部总是黑黢黢的夜。
我们欢迎乌云作为隔热材料，
那是通往终极蓝天的消音器，
是赤裸的天堂对人的独白。
在我的国家，最没主见的[③]英格兰人
也能因附议而来劲，放大
我从未见过的稀奇小事——
在封闭的天空下，无聊琐事会发光，
流言蜚语将纽约和伦敦结为一体，
结成一张嘴……我们用一模一样的工具
将房子盖起又将房子拆毁。

2. 在奥法多酒馆[4]

拉丁夜总会毗邻贝尔格拉维亚[5]，
一栋低矮的三层楼砖块建筑物，
被狭隘保守的十八世纪
自宫于手中的剃须刀，
太实用，不合适保护。
一个异类就该在这花钱消磨，带上一个朋友。
周末晚上我通常独自用餐，
你带孩子们乘火车去了米尔盖特。
在奥法多，员工是一半的客人，
吉他和歌手在桌边侍候，
那位艺术家演唱的东西情凄意切：
“马略卡岛[6]的女孩们。我的草帽在哪里？
让我独自一人，让我诉说，爱我吧——
一条蒜末鳕鱼，一瓶无情玫瑰酒。”

3. 比目鱼[7]

一天之内我们穿过北极光
来到末日般的黎明。八点上班的人群拥挤，
步履匆匆，比雾更难聚合。
天空面色酸黄，并无恶意；需以圣诞灯火
映照泰晤士河。上帝看得清清楚楚——
将我洗白吧，白如我昨晚食用的鳎鱼[8]，
大片的白，福克斯通沙地似的脊背，
煮熟，剥皮，变白——心愿得偿。
鳎鱼居于深海，看不见，不闹腾……吃吧；
它们的灵魂披上伪装以便牺牲在盘中，
就这样平躺着，一副宽恕的姿态——
双眼乜斜，冒着血淋淋的世俗泡沫，
永远无法转过另一边面颊——
在海上，不论我们扔下什么，它们的吃相都像跳蚤。[9]

4.乳齿象[10]

他们把红色泼在即将被杀害的犹太人身上，
然后开着缴获的坦克将他们来回耕犁；
木头堆叠，电锯嗡嗡作响。
最好的情形是，入狱者后面跟着狱卒。
在最后一处沼泽，乳齿象
卷曲的獠牙像喇叭一样翘向天空，
臀部和腋窝陷入赤泥，
被泼上红色以备进行不可逆的清算——
那时候，天空重度失聪。
自由的价码正在取代事实：
咬碎的象牙，大块的瘀伤和泼染的红色。
好的叙述方式就是减少描述；
为了那条不可避免的终点线
大自然祭出了牺牲升级之举。

5. 弗洛伊德[11]

犹太人作为犹太人死去是光荣的吗？
甚至德国官员也鼓励弗洛伊德
去巴黎，至少在那里，他很出名；
但如果无人说再见，甚至连门房都不说，
有人追随又有什么了不起？
他在伦敦消遣的荒原上租了一所房子
只为证明摩西一定是埃及人——
“比肉体活得长久更可怕的事是什么呢？”[12]
我们在乎这位文化伟人的什么呢——
弗洛伊德的亲属在贝尔森[13]被清剿，
对文化毫无贡献的摩西·科恩[14]
在贝尔森被清除。我们就必须死吗，
居住在我们已经学会居住的地方，
完成我们被训练去做的唯一工作？

6. 哈丽特的驴[15]

这一页空白没有更糟，还没有
被我灵感的黑色字迹玷污。
我看见你的棕褐色驴子嘲笑我，
哈丽特的涂鸦，我的肖像，
我去美国的护照照片
点燃了灵魂，刺激了眼睛——
莫泊桑先生已变为畜类。[16]
更郁闷的流亡者把事业带到此地，
也带来了在楼梯上跑上跑下哭闹的孩子；
弗洛伊德找到他那尊塑像，年长的犹太先知们
咬牙挺进，直到牙齿碎成白垩粉末，
在伦敦找到许多名字和他们最后的人格面具，
一具被冲上这个海岸的死尸……
家人，我的家人，为何我们如此遥远？

注　释

① 手稿本中这组诗（见手稿本图29—图32）原来有8首，洛威尔在修订时，将其中第2首更名为《居于伦敦》，抽出放在出版版本中的组诗《红崖广场》中，排第1，并将第5首《金刚狼》删除。被删除的《金刚狼》译文如下："何谓那头金刚狼的教训，/欧内斯特·塞顿·汤普森的加拿大，/课本上的第一场雪，第一片笛卡尔式的白茫茫？/皱褶的天空边缘，一道太红的亮光，/一条直立的铁轨、井架或塔尖，/用雪地靴在雪地运送货物的捕猎者，/通向教堂的狼群踪迹——/无须传教士告诉我狼是肉食动物，/要增加第一头被困陷阱的狼的恐惧……/一头金刚狼，绝非边疆正义的批判者，/得知他本就牙尖嘴利，受到了极大考验，/没有下定决心咬掉他的一只脚——/为聚集恐惧和灵力而给予的闲暇，/我们进化史中首次未标注日期的飞跃。"

② 手稿本中这首诗（见手稿本图29）的第5行原为"乌云作为天气突变受人欢迎，"；第10行中"我从未见过的"原为"我从不曾忍受的"；第11行中的"无聊琐事"原为"这些事"；第13行原为"结成一条舌头……两个都用一模一样的工具"。

③ 原文为"wet"的最高级形式，"wet"字面意思通常是"多雨的"，与前面的"乌云"和"尘霾"呼应，但在英语中，该词还有"没有主心骨，窝囊"的意思。

④ 这首诗与手稿本（见手稿本图30）一致，没有改动。另，参见洛威尔1970年12月写给伊丽莎白·毕肖普的信，信中提到同样的场景。

⑤ 位于伦敦中心，骑士桥南一个富裕的居住区。

⑥ 位于西班牙，有"蜜月岛"之称。

⑦ 手稿本中这首诗（见手稿本图30）的时间表述略有不同，现在第1行中的"一天之内"原为"就在昨天"；第2行中的"黎明"原为"早晨"；第4行至第5行原为"黎明时分，泰晤士河因圣诞灯火依然璀璨，/上午九时，天空面色酸黄。上帝看得清清楚楚。"；第6行中的第2个"我"原为"我们"；第7行中的"福克斯通"原为"多佛"。

⑧ 比目鱼的一种。

⑨ 原文"they bite like fleas"是对英语词语"flea bites"（小痛痒，小

麻烦）的戏仿，表示洛威尔对那些关于自己的闲言碎语的不屑。

⑩ 手稿本中此诗（见手稿本图31）的第9行原为“那时候，天空已然失聪。”。

⑪ 手稿本中此诗（见手稿本图32）的第6行至第8行原为“在家中恪守英格兰的粗鲁礼节，/他证明了摩西一定是个埃及人；/他憎恨神经官能症患者，因为他们造成了伤害。”；第12行中的“我们就必须死吗，”原为“我们就应该死吗，”。西格蒙得·弗洛伊德（Sigmund Freud，1856—1939），犹太人，奥地利精神病医师、心理学家、精神分析学派创始人。1938年奥地利被德国侵占后赴英国避难，次年于伦敦逝世。值得指出的是，卡洛琳的第一任丈夫画家卢西安·弗洛伊德，正是西格蒙得·弗洛伊德的孙子。

⑫ 引言可能出自弗洛伊德最后的著作《摩西与一神教》（1939年）。

⑬ 指贝尔根·贝尔森集中营。

⑭ 摩西·科恩（Tobias ben Moses Cohn，1652—1729），17—18世纪的波兰医生，他欣赏世俗文化，通晓十种语言，著有百科全书式的著作《托比厄斯之作》。

⑮ 手稿本中这首诗（见手稿本图32）标题为《哈丽特的涂鸦》。现在第3行的“你的”原为“她的”；第6行的“点燃”（enflames）原为“提升”（lifts）；第8行的“更郁闷”原为“更阴郁”。

⑯ 莫泊桑死前曾入住疯人院，在他的病例的最后一页写着这句话。摘自伊萨克·巴别尔的《基德·莫泊桑》。

越洋通话期间[①]

靠杜鲁门[②]时期的收入，我们不可能在纽约逍遥度日——[③]
拽人的都市华灯就像球与链，
自由主义者毁于自由派之手。[④]
这就是你发疯飞去伦敦的代价——
那个封闭的省会城市，从来都不是
善变的美国人的庇护之所……
他们说，对死亡的恐惧源于孩提时
第一次被遗弃的记忆。[⑤]我女儿以为爱
就是把她与礼物、信件、探望等种种外在可见之物
绑在一起的东西……我已关闭心房
很久了，我想让它继续闭着，也许——
我不相信我有超越意志的权利，
房子一旦塌了，那个物种也就灭绝了……
她们叫我别说下去了，她们不该损失我的钱。[⑥]

注 释

① 手稿本中这首诗（见手稿本图33）的标题是《越洋电话》。原诗稿通篇是直接引语。第1行原为“靠不到三万美元的收入我们不可能在纽约逍遥度日”；第8行中的“我”原为“我们”；第10行中间的省略号原为句号；第12行至第14行原为“我曾经过于相信自己有能力提升意志力；/如果我们的房子塌了，一个物种就灭绝了……/她叫我别说下去了，我们不该损失你的钱。”。

② 杜鲁门（Harry S.Truman，1884—1972），美国第33任总统（1945—1953），罗斯福总统去世后他继任上位，实施“马歇尔计划”以重建西欧经济，提出“杜鲁门主义”，建立北大西洋公约组织，宣布苏联是美国的头号敌人。

③ 参见哈德威克1970年6月23日写给洛威尔的信。在手稿本中，这句是“靠不到三万美元的收入我们不可能在纽约逍遥度日”，而哈德威克在她的信中所写的实际数额是两万美元。

④ “自由主义者”与“自由派”原文均为“Liberal”，首字母大写，前者或指主张民权和社会改革的社会自由主义人士，后者或指提倡搞自由市场的经济自由派。

⑤ 参见威廉·阿尔弗雷德1970年10月11日写给洛威尔的信（L86）。

⑥ 此处的“她们”指哈德威克与哈丽特母女。另，参见哈德威克1970年6月25日写给玛丽·麦卡锡的信。

驱 魔

1[①]

我们爱什么我们就是什么。当十一月
使早晨的白霜变硬，我变小了；
慢慢地，新娘子的怒气露出白牙，
在一封封看不见的邮件中招摇而行——
绿色模糊成寸草不生的贫瘠，
景色是新英格兰那种纺织灰。
你指着手指：你爱什么你就是什么。
被抛弃，在恐惧的候见厅里候着，
我知道对于女人来说那是个什么滋味：
如此说来，我被爱，故我在[②]——
一个把她的驱魔师浪漫化的女人，
藏于神秘之茧中的两具灵魂。
你的女人为你而舞，怀里抱着孩子，
她正在为你而舞，你这笑脸小骷髅头。

2③

今天早晨，仿佛是在波士顿的家中，雪
是幼儿园般的冬天里那个纯洁的巫师小婊子；
我的窗户白得像电影屏幕，
耀眼，斑驳，竞争对手的前景排除在外——
我可以将愿想投到这空白的屏幕上，
只是剧目早已选好：
一部情节剧，讲述她的细高跟鞋
将镶木地板舞出子弹般的伤口。
我的文字是英语，但情节被施了魔法：
一个男人，两个女人，常见的小说桥段。
你爱什么你就是什么……
你不能将你的才华像手提箱一样随身携带。
你不敢把你生命所拒绝的爱寄给我们吗？
你真的知道自己的所作所为吗？

注释

① 手稿本中这首诗（见手稿本图34—35）的第1行至第2行原为“因为我们爱故我们存在。秋天硬化了/早晨的白霜，我变小了；”；第5行原为“诋毁从青涩发展到寸草不生的贫瘠，”；第9行至第12行原为“候着那个自吹自擂的新郎——冬天，/我知道对于女人来说那是个什么滋味。/那个女巫正在叽叽咕咕召唤驱魔者，/两具灵魂离开暴徒作茧藏于神秘之中。”。

② 这句的原文是“Inasmuch as I am loved I am”，包括奥登的诗作《风》中的一句原文“I am loved，therefore I am”（我已受爱，故我存在），两者都是对笛卡尔那句“Je pense，donc je suis”（我思，故我在）的戏仿。

③ 手稿本中这首诗（见手稿本图34—35）第1行中的“今天早晨”原为“今天”；第6行原为“只有我选择展演的剧目将会上演：”；第8行中的“舞出”原为“踩出”；第9行原为“行文引人入胜，但情节老套：”；第11行至第12行原为“你不能将才华像手提箱一样随身携带，/或者干脆将其丢失——我爱什么，我就是什么。”。

谋划好的[①]

飞机像箭一样划过最高的天，
母鸭带着小鸭V字形游过池塘的皱波；
上帝把动物变成事物。
我在一间间书店漫游，浏览图书，
在一串引导字符上如履薄冰，
因为在执行我已完成的谋划[②]。
我觉得哈姆雷特是这么回事，
他被父亲写给他的“复仇剧”[③]刺中，
在伦敦这片凝结的天空下
犯了傻。他像一堵纸质护墙上的猫，[④]
慷慨陈述提词员喂给他的那些话，
明知道习俗怂恿他去谋杀，
终是丧失自由意志和舞台执照。
死并非生之事，生时无法经历死。[⑤]

注　释

①　手稿本中这首诗（见手稿本图36）第1行原为“飞机像箭一样划过更高的天空，”；第2行原为“鸭子们求欢V字形游过池塘的皱波；”；第6行中的“我”原为“一份”；第9行中的“凝结的”（clotted）原为“絮凝的”（beclotted）。

②　原文“plot”是个多义词，有“情节”和“阴谋”之意，与诗中提到的哈姆雷特相关。

③　或指哈姆雷特为揭露阴谋排给叔父看的那部戏中戏《捕鼠器》。

④　洛威尔此处的词语游戏令人叹为观止。“犯了傻”原文为“went scatological”，“scatological”本意是“与粪便有关的”，让人想到“scatty”（傻乎乎）这个词，其中还包含下文的“cat”（猫）。“纸质护墙”原文“paper parapet”，押辅音P的头韵不说，其中的“pet”又暗合了“cat”。此外，这个表达使人联想起企鹅版《高文爵士和绿衣骑士》中的一个注释：“当时有个习俗，用剪纸城堡装饰食物。”而纸（paper）也让人联想到书籍，将饱读诗书的哈姆雷特比喻成“纸质护墙上的猫”，新奇却也恰当。

⑤　此句是哲学家维特根斯坦的名言。洛威尔忘记了此言的出处，参见他1971年4月25日写给斯坦利·库尼茨的信。

夫　妻[1]

“过去两周我想我两次遇见
丽兹，在一再出现的梦中。
我们在外面散步。什么样的街道，你问，
漂亮吗在伦敦吗？是我们自己的街道。
你听到什么又说了什么？我们听见了我们自己。
人行道两英尺[2]宽。我们，手挽手，
散步，嘎吱嘎吱踩着五羽裂的橡树叶子——
好开心，它们在脚跟下融化消散。
梦里面的我们举止有些亲昵。
这样的蜜月你们那时在做些什么呢？
我们的话题有个简单的情节，
故事有关一个女人和一个男人，
男人用她的悲剧来写诗——
我们像姐妹一样聊天……没你的事。”

注 释

① 手稿本中这首诗（见手稿本图37）的第4行前半句原为“伦敦吗晴天吗?”；第7行至第8行原为“嘎吱嘎吱踩着五羽裂的橡树叶子——/好开心，它们在我们滑倒前便融化消散。”；第10行原为“你从这种漂亮玩法中得到了什么?”；第12行至第13行原为“两个女人嫁给了一个男人；/引言使对话戏剧化了——”。

② 1英尺合0.3048米。

女人出现之前[①]

1. 在女人的黎明前[②]

“近距离仔细端详你的下颌，
好一片野蛮风格的装饰，
几颗发黑的红宝石，刮胡子刮出的血块，
喘着气应和着你疲惫的呼吸，
我在女人的黎明前看到了这个世界，
丛林一般的长角雄性，它们的掠夺疮痂，
伊甸园犀牛岩上的犀牛……
你把我握在你空空的手心里——
男人可以自由玩耍，或是随意怠惰，
轻松越过嘲笑触及的范围。
恋爱中的女人认真，毫无防备，
她不像牧场上的母马那样容易分心，
她大口咀嚼，仿佛生活就靠大口咀嚼……
像那些动物一样，我也没有幽默感。”

2. 白日[3]

一只绿鹦鹉竟然也能说出一本书，
唱出它的二流歌曲，大多数作家都这样；
基督徒和女人认为所有男人都很邪恶，
尽管没有任何生命会彻底让上帝失望。
和你一起生活就是活出一部厚厚的书
《战争与和平》，日复一日又一日，
不能眼睁睁看着你离去或是回答我的名字。
我毫无弹性的脚步依然悄悄追逐年轻人的野草，
那拒绝委婉表达的金翅雀的巢，
那永不松懈的上帝恩赐的瞬间。
在嘶欢的冬天，你要把我带往何处？
亲爱的，这软木塞虽然又黑又胖，但仍能拉动，
新酒泛滥在我们的史前血脉中——
在我们床上，白日不可能破晓。

注　释

① 手稿本中这首组诗（见手稿本图46）的排序在诗集中比较靠后，最初是倒数第4，排在《飞往纽约》《重负》《海豚》之前。但在手稿本的目录（见手稿本图2）中，它是倒数第3首，排在《离开美国前往英国》《飞往纽约》之前。

② 手稿本中这首诗（见手稿本图46）的第6行前半句原为“这丛林一般的顽固雄性,”；第9行后半句原为“然后他懈怠了;”。标题中的“女人的黎明”（the dawn of woman）是对“人类/男人的黎明”（the dawn of man）的戏仿。

③ 手稿中这首诗（见手稿本图46）的标题为《黎明》。第1行至第4行原为“一个鹦鹉人竟然也能写出多部好书，/活出他的二流作品，大多数作家都这样；/我们的祖先宣告所有男人都很邪恶；/能活之人都不会完全被诅咒。”；第7行中的“回答”原为“听见”；第9行至第10行原为“上帝赐予的瞬间永不松懈，/那金翅雀的巢拒绝委婉的表达。”。

画家的模特[①]

1[②]

荷尔德林[③]的东西有天鹅场景和秋天
作为背景，很美，对不对?
马奈[④]的瓶子在他的酒吧女孩身后反光，
比她以前为客人端上的东西更亮——
画布理应为这位画家的模特增色。
我们的孩子与他们的后代得为自己摆姿势;
我们榨取果汁，他们负责吃果皮，
我们让上帝跪着，现在他在祈祷……
坐在浴缸里时我想弄明白为什么
我没有像一块方糖那样溶化掉——
虚构应该为我们递上一小片生命面包;
但你我实际上都经历过我所写的一切，
我们生命中这场幸运醉汉式[⑤]的冒险，足够
我们的职业保持化解一切的活力，挣点小零钱。

2[6]

“我表妹真的学会了讨厌婴儿，
她喜欢舔她的京巴[7]的上颌，
仿佛她的舌头正在试尝利口酒——
我说的应该写进你的《笔记本》……
我宁愿给孩子服用吗啡，也不愿带她们上教堂。
你人之将死，信仰也一病不起，
你在床单上翻来覆去折腾，
像一只掉落在鱼缸里的蟑螂；
你会寻找你摸索过的爱，并看见
探照灯下，只有宗教赤条条被抓住——
基督徒在太平间里比无神论者尖叫得更厉害。
这人人皆知的最恶毒之事就是
为移动那具尸体，他们把你的床挪到更靠门边；
你太清楚了，那可不是为了呼吸新鲜空气。”

3[8]

“如果完了，那就早点了结——
套句老话，你越是犹豫不决
事情就越难办。”我们踉跄走下这狼藉的舞台，
知道明天的偏头痛会提醒我们
酒精如何掀起这怒涛汹涌的口才……
像演员一样，我们战战兢兢跟随剧情，
自择自愿地走向无可挽回的分离。
“如果醒来发现已接到逐客令，[9]
你会觉得自己输掉了这场争吵吗?”
结束了，我的衣服飞进你借来的手提箱，
好日子到头了，破碎的香槟酒杯
坠毁在垃圾箱中……私底的妙想，以及幻想，
太凌乱，无法支撑我们这个角色存活。
我开始后退，一步步退下舞台。

4

我们的梦想已不只是生活殷实。
我摸着你这房子，家具价格不菲，
两张圆形大理石餐桌大如磨轮，
客厅凌乱的舒适，令其不俗。
但关于你，我能说的比这更多，
你的大眼睛好比一只银茶匙，
后见之明无法用浪漫的爱抹去它们的愤怒——
像狗或海豚咬人，表面笑呵呵实为故意。
在我那充满误解的梦里
午夜火车接上你的午夜出租车——
一个人搬走，整个家就歪了，
从孩子们的茶到卫生纸都乱作一团。
地板上那令人费解的虫书我看明白了，
那些留白是给我们所有生日的……你的要到夏天。

注　释

① 手稿本中这首组诗（见手稿本图38—图39）只有3首，第2首和第3首的顺序互换了，而且改动较大，现在的第4首是新增添的。

② 手稿本中这首诗（见手稿本图38）第1行原为“荷尔德林的东西有秋天和天鹅场景”；第6行原为“我们孩子的孩子必须要找到他们自己的模特；”。

③ 荷尔德林（Hölderlin，1770—1843），德国著名诗人，古典浪漫派诗歌的先驱。作品有诗歌《自由颂歌》《人类颂歌》《致德国人》《为祖国而死》《天鹅之歌》等。

④ 马奈（Edouard Manet，1832—1883），法国著名画家，19世纪印象主义奠基人之一。代表作有《吹笛者》《草地上的午餐》《女神游乐场的吧台》等。

⑤ 原文是“drunk-luck”，直译为“醉酒运”，此处是洛威尔对英语词语“dumb luck”（狗屎运）的戏仿。

⑥ 手稿本中这首诗（见手稿本图39）在这组诗中原排第3。第1行中的“表妹”原为“母亲”；第5行的动词“have”画掉了，还没有想好合适的替代动词；第11行至第12行原为“基督徒死的时候比无神论者尖叫得更厉害。/关于太平间极为臭名远扬的是”。

⑦ 卡洛琳母亲莫琳·吉尼斯的宠物狗的昵称。

⑧ 手稿本中这首诗（见手稿本图38）在这组诗中原排第2，出版时改动较大，原为：“‘如果完了，那就早点了结——/套句老话，你越是犹豫不决/事情就越难办。’我们踉跄走下那位画家的画台，/知道明天的偏头痛会如何告知饮酒如何/掀起这怒涛汹涌的口才……/我们完了，我的衣服飞进你借来的手提箱，/像只猫一样痛苦地回到一棵树下，/自择自愿走向无可挽回的分离，/我开始后退，一步步退下舞台。/好日子被掷飞，也进了/一个垃圾袋，那里面的私底妙想和幻想/皆由我个人性格生出。/没有活过才会得救赎；/如今无人退缩或者输掉一场争辩。”

⑨ 这句直译是：“如果你醒来发现自己鞋子里有个蛋。”英语里有句俚语叫作“put an egg in your shoe and beat it”，意思就是“赶紧走，滚蛋”。

美人鱼浮现[①]

社会上的那些个规矩
很少去考虑特例——
德加[②]的塌鼻子舞者尽情摇摆，
蹬踏着顶光，从不离开舞台，
迷醉艺术爱好者，又一个都觉察不到。
适合全体的法则不会正好适合个体……
美人鱼，为何你是另一个物种？
“因为，你，我，每一个人都独一无二。”
有人强迫过你做任何事吗？
“这样做，那样做，什么都不做；没有锁链锁着你。
我是女人，或者我是海豚，
唯一一种人类真正喜爱的动物，
我把令人刺痛的快活水喷到你脸上——
无惧风浪的鱼，割断你的网和锁链。”

注　释

① 手稿本中这首诗（见手稿本图40）第4行前半句原为“踢着顶光,”；第5行前半句原为“了解艺术爱好者,”；第13行原为直接引语的结束行，后无破折号；第14行原为“无惧风浪的鱼，你割断我们的网与锁链。”。

② 德加（Edgar Degas，1834—1917），法国印象派画家，以画芭蕾舞女演员著称，代表作《舞蹈课》等。

婚　姻[①]

1. 垂钓[②]

缩回到你三分之一的大小，眉头皱着疑惑，
餐后的时光你凝然而视，沉默不语，
可是酒自作我们的主张，将舌头松绑——
俊俏的脸庞，圆溜溜的眼睛，轮廓像个孩子，
但你的眼睫毛总是描得黑黢黢，
每根都上了色，忽闪忽闪就像在扎制假蝇。
如果一个词将你逗乐，整个房间都是你的声音；
听得见你，但没人能揪出你，
沙哑的笑声掩盖了你的逃跑——
印花的连衣裙隐入那堵印花墙壁不见了。
我像垂钓者那样等待着，务实而又勇敢；
投放鱼饵正是时候，那嘴巴张开了，
海豚露出巨大的笑容，露出头和肩——
我是被活活生吞的……千真万确。

2.疲劳的铁[3]

护盖物是疲劳的铁，弹痕来自扫射的飞机——
我们那场青春大战无疑是空洞的；
它一度洁净，如今成了发臭的铁，
消灭芦苇的战争，对稻田实施的大溺刑[4]。
我们答应过让自由重新站起来……
我不能这么继续下去，尺度已不复存在：
一挂瀑布，淌在绿上的白色水流，
就像我橄榄绿键盘上的白色字母——
和你一起迷航，有你和我一起迷航，
我这肉身，得到我们的各自性[5]的拯救——
你不会结婚，虽然对女人不忠
是因为你的屈服轻浮而又时时作怪，
你宁愿让自己的身体破碎，也不愿它
在这破裂的生活中坚不可摧。

3. 生硬[6]

天空该放晴了，但却亮不起来，
不安于马厩的粪飞过花园的树木，
清晨在我心中，不在事儿当中。
我们几乎凑成了一桩婚，像我们父母一样——
灾难的平静姿态！我们的爱，意味着给方向盘
一个震动，震散司机手掌跟里
移位的骨刺；意味着在我们自身，
在我们身外的那颗星上做直角转弯。
我们的婚姻可以如基督所说[7]，人不必结婚，
天堂没有婚姻，而且缔结姻缘
会受到上帝和布莱克[8]的诅咒。
我受缚于此，无法翱翔；
当婚姻束之高阁，留下的又是什么？
"天堂呗，若果真如此。"你在电话里都那么生硬。

4.叶形花边连衣裙[9]

叶形花边，一种简中有繁的设计——
若是没穿在你身上，也就别无二致，
褶皱花边上缀着些闪光的银片而已——
或许你降格为金属了，但依然美好。
很难弄清楚那个令你美好的真相，
从玩具和平庸之物中塑造的灵韵
毫不逊色于世间最完美的女人。
绿色的阴影冰冷，难得的阳光似铁，
收获把自己撑大的衬衫穿成流言蜚语。
痛苦说我们不能住在同一屋檐下，
或共用一个姓氏。还是那句话——
我已失去一切。我感觉到一种力量，
走了五英里，依旧渴望撒腿狂奔，
为你倾心，与你同眠……酣眠着，年轻着。

5.尽在不言中[10]

今晚和昨晚，无心玩乐或睡觉，
我一直想着临终前可怜的祖父。
卡洛琳，他有过这样的裸夜，
还把他这该死的折磨带到早餐桌上——
儿子死后，他便让孙子去种树；
留存的是他的血脉，不是他的名号……我们有了孩子，
我们的野种，生下容易，名字难取……
归在我们当中无法辨认。我的手
枕在你熟睡的双手的怀抱中，
在你均匀的热力中变得牢靠。
我没疯，我有理由抱紧你，
你载着我们的重担去到那狭窄的产道，
这个动荡的不眠之夜，将不会动荡，
除非我们通过睡梦忆起昨天。

6. 金色宁静[11]

这不是最后的平静……又轻松，
又自然，怀孕的母亲的腹部
在睡梦中随呼吸一起一伏——
我感受明天就像我感受今天
在这睡眠的金色宁静中……被封嘴的情人
敞开怀抱，坦然接受世界原本的模样，
一分钟长过一分钟……正如许多的作家
遭受幻想折磨，认定自己的诗行可能不朽：
权力无定论，言语即行动。[12]
林肯总统几乎找到了这种信仰；
从前耳聪之人可以听见那颗心
嘟囔，在列宁那张涂着防腐香膏的方正的厚皮上，
在平静中睁大眼睛，这暂时的宁静让一个母亲
有勇气去怜悯她的孩子。

7. 青色的疮[13]

我们醒得太早，太阳已经升起，
燕子一大早的链式啾鸣让人疲劳，
一刻的话语威胁，记留一辈子：
才不是祝你完全安康呢，绝非如此。
那是我曾经的青涩生活，甚至是从泪光中听到……
我们打包，离开米尔盖特，像往常一样匆匆
赶火车去伦敦，留下五盏灯燃着——
用来愚弄窃贼？从来不是相同的五盏灯。
我们不丢失东西太阳永不会落下，
钥匙，钱——不是一切。“亲爱的卡洛琳，
我已经告诉哈丽特你怀上孩子了，
她父亲的。她知道自己将会很少见到他，
实际在场或实际缺席才是问题所在。”[14]——
一封留在书页中的信丢失了。

8. 信[15]

“我对通信真是感到绝望。你说我写H. 不会
对现在发生在你身上的事情感兴趣。
那又怎样？弥天大谎，错别字，管它呢。
我是说伦敦这场景没什么大不了，只是你……
她非常漂亮，热情奔放，一堆优点。
我很害怕困扰到她，她后面还要飞
去墨西哥，独自一人，很勇敢，西班牙语还半生不熟。
跟她同龄的孩子不会坐在一起谈论
父母的这种事。我确实会说起你，
也从不否认我想念你……
我想这个周末我们会去趟华盛顿；
那里有一场示威活动[16]，就像所有的示威一样，
反反复复，无缘无故，毫不新鲜……只是需要这么做。
我希望这封信里没有说错什么。”

9.沉重的呼吸[17]

你沉重的呼吸促动一颗轻盈的心。
太阳穿过午夜，在草坪上闪耀，
即使在英国，它也乐意延长白昼。
我顶着脑袋倒立，天堂变了
风景却依旧。无法治愈的良心
使我确信我不是在书写我的人生；
生活永远不能保证我们自己的哪一部分属于人生。
我们的人生从来就不是一本书，不过它的火花
会在书页上留下表面的灼痕：
我为这虚构的文本着色用的是第一手证据，
信件和谈话我都作为虚构文本来出售——
但是，明天当外科医生将脓液排出，
然后挤进马戏团看我们
为来世开膛破肚，何谓真何谓假？

10.米尔盖特的晚夏[18]

剃须膏、发蜡和发油的淡淡甜味
飘散在装修过又新近老化的卧室；
天堂的太阳把打磨过的地板晒得炽热。
年龄是我们与沉闷达成的和解，
我的清漆在抱怨，我永远不会死。
比起忘却，我铭记的依然更多：
曾经，我对另一挚爱的忠诚
等同于永恒——
掉落的苹果中潜藏着一股幽灵的气息，
不宜居的花岗岩闪着亮光，
在缅因，每块石头都是我们共同的墓碑……
与凝视的妻子、孩子们坐在一起……肯特阴沉的天空
一朵脏兮兮的蘑菇。在温和的年份，那些草
整个新年都绿意盎然——我、我的妻子、我们的孩子。

11.第九个月[19]

数周，现在数月，这一年都在负重前行，
幸福如此缓慢燃烧，持久绵长；
到了八月，我们那些生机勃勃的荨麻
成了黑土湿地。今天撑着胳膊肘吃午饭时
望见草地上我鼻子的血流成红漆；
我在一切事物中都看到、闻到、尝到血[20]——
我几乎把你的经历想象成了我的。
今年，你已从三十八奇迹般蹦到
四十，加入到你那些有判断力的长辈中：
女人从未原谅过男人她流过血。
有时候，控诉会因你的健忘烟消云散。
你拄着拐杖进到你的第九个月，
你现在把东西几乎都打破成球状——
爱就在你完满的肉体、心以及幽默中。

12. 问题[21]

我提问时直盯着你的脸，像狗似的——
狗靠揣摩心思活着，顺从即天堂，
但只有未来回答我们所有的谎言——
真是好眼力。之前的一代，
哈丽特就是这个沉重的问号——
那时我们无处可退以判断这幅图景……
我捞起我那些旧字眼，亲爱的、亲爱的人儿；
庄家重洗他那瀑布一样的牌——
难道我下注的那个幸运数字
会出现两次？生活可不是一场数字游戏，
一场身为人父的我玩得很差的游戏……
我吃、喝、睡、穿都在这里，
我会把我的书拿回来，到那时我们已同居一室——
这间房承受着所有其他石头的重压。

13.罗伯特·谢里丹·洛威尔[22]

你的午夜救护车来了；一开始就跟锯刀似的，
这孩子，脚先出，如一串烟草系在
你喉咙，吞不下去，又如你窗口叠起的
棕色纸袋，漏出一堆桃子和鳄梨，
或如你那味道像面巾纸一样的饭菜……太多血在渗出……
经过十二个小时的分娩，
在血的洪流中游了不到三十秒：
小小姜饼人，
塌瘪，暴躁，喝了酒似的红扑扑，
与我们唯一相似的就是中年长相。
"要是你摸他，会烫到你的手指。"
"他就这样，不是发烧。为什么其他宝宝都那么苍白？
他的蓝眼睛跟着脑袋在转……亲爱的，
我们以命相博，已经死里逃生。"

14.悬云[23]

今天早晨，悬垂的云朵好像馅饼皮，
又似绵延数英里、建在滚滚泥流之上的卢克索神庙[24]，
我的人生过往就安顿在这些史料馆里。
好奇怪，今天有了孩子，本是平常事，
却令我们这极度的脆弱
变得更为复杂。[25]
整个早晨，云从黯淡转变成耀眼；
我们没有像孩子在子宫里那样成长，
在伦敦像失明的弥尔顿遇见撒旦；
醒时不再有古老的恐惧，
望见那火针般的曙光灼刺你的眼睑时
并无伤害，这就足够了。
到十点钟，卧室闷热。你加倍呼吸，
我们已成多人，床散发着干草的味道。

15.漫不经心的夜[26]

如此四野阒然，啊，如此亲近友善，
夜，将我们这身沉重高高举起……
我们跳起舞进入它的钻石郊区，
看到山之冠上无限制的灯光——
整个白天这些蔓延的邻居都在视线之外。
一大群绵羊身背沉重，云聚草地，
它们在月光上胀大，重达两百磅[27]——
庞然如你穿着白色羊皮大衣，因紧张而飞奔……
圣婴座下漂泊不定的牧羊人已离开这片牧场，
那位牧羊人快活又老套的笛音不见了。
夜长如昼，一切动静皆在耳边；
缺了人，万物不可能有人性。
比起听到晚产儿哭更糟心的又是什么呢——
难道是每天早上醒来都高兴我们醒了？

16. 离开你的早晨[28]

今天早晨在牡蛎灰的科尔切斯特[29]，单独
一枝骷髅般的黑玫瑰在我面粉袋般的窗[30]上摇曳——
那是葛饰北斋[31]对匮乏[32]丝毫不差的断言。
它拧出一声缺席的呼喊……我主人的新欢，
显然裸着，拿起她所有的衣物
摇曳着穿过我卧室里的晨光，前去沐浴。
早上好。我鼻子流血了，我感觉到了。
很高兴你救了我，让这生命延续，
现在死亡成了我生命的一种配料——
我父母去世得早，六十岁，
神经系统却还像六岁的孩子……
我躺着思考自己，直到夜已内化；
打开窗时，那发黑的玫瑰叶片
重返无常的绿。一个美好的早晨，如常。

注　释

① 这首组诗共16首，是洛威尔在修订时将手稿本中的组诗《婚姻?》（见手稿本图41—图43，共5首）和组诗《重负》（见手稿本图52—图57，共10首）合并、调整并增添2首新诗而形成的。原组诗《婚姻?》中的一首《婚姻?》现移至组诗《卡洛琳》中；《重负》中的诗排序现已打乱，其中第2首《仨》被删除。现版编辑在导言中指出，这部诗集有两种存在状态，其主要区别就在于诗的结构。公开出版的《海豚》将真实事件发生的顺序进行了虚构的安排。被删除的《仨》（见手稿本图52）如下：“一切并未消亡，只是个个都感觉自己快要死了；/佩吉认为天父上帝是法国人；/没有我们的过失，上帝就不会成为天父——/我们这个孩子是条河，没有姓氏，/是对水做出的不可更改的承诺，/水无形，似一阵黑色和猩红色的刷扫……/我们会俯视内心，却看不见自己的相像。/太多的超越逐渐消失为象征；/我们这个孩子是某个人，我们要遇见的那个人。/上帝保佑我们仨，将那一天赐予我们吧……/除了童年，我们别无他物花开二度，/每个写作者，每个出师的学徒，/走过半道时，都是24岁的济慈。”

② 手稿本此诗（见手稿本图41）第1行至第3行原为“缩回到你三分之一的大小，眉头却皱着问题，/餐后的时光你一直坐着沉默不语，/可是酒自作主张，将舌头松绑——”；第7行中“一个词”原为复数的“词语”；第10行中的“那堵印花墙壁”原为“一堵印花墙壁”。

③ 手稿本中这首诗（见手稿本图41）的第4行原为“消灭叶子的战争，对稻子实施的溺刑。”；第10行至第12行原为“我这肉身，我们的各自性当中的一部分——/不愿结婚，而且对女人不忠/是因为你有轻浮的服从意愿，”。另，在这首诗中，诗人借用了一些与战争有关的图片和短语隐喻情人之间的冲突。

④ 尤其指1794年法国南特把大批人淹死的处决。

⑤ 原文“severalness”，此处相当于“separateness”（分离性）。

⑥ 手稿本中这首诗（见手稿本图42）在组诗《婚姻?》中原排第4。第4行至第5行原为“我们几乎是拉配成婚，像我们父母一样——/缺灾少难！爱意味着给方向盘”；第6行中的“司机”原为“我”；第7行后半句至第8行原为“意味着努力让我这颗星/让我身外的这颗星亮起

来。”；第12行原为“你不能将我们的远走高飞卖给被束缚的人。”。

⑦ 参见《新约·马太福音》第22章第30节，耶稣在回答撒都该人的问题时说：“当复活的时候，人也不娶，也不嫁，乃像天上的使者一样。”

⑧ 此处应该是指英国诗人威廉·布莱克（William Blake，1757—1827），著有《天堂与地狱的婚姻》。

⑨ 手稿本中这首诗（见手稿本图42）在组诗《婚姻?》中原排第3。第3行原为“它垂坠如溶化在铁上的一点点锡，”；第9行中的“收获”原为“丑妇似的收获”；第14行原为“为你倾心，酣眠着，年轻着……酣眠着。”。

⑩ 手稿本中此诗（见手稿本图52）原为组诗《重负》的第1首。第1行至第2行原为“这个夜晚，今晚，不会玩乐或睡觉，/我想起祖父和他可怜的最后时日”；第4行至第6行原为“卡洛琳，他了解这样的裸夜，/寿命长过儿子，地方，际遇……他们的未亡人/没有什么需要立遗嘱。我们有孩子了……”；第8行至第9行原为“无法辨认，归在我们当中？我双手/枕在你那只熟睡的手的怀抱中”。

⑪ 手稿本中这首诗（见手稿本图54）原为组诗《重负》的第4首。第4行原为“鲁本斯的那些裸体生孩子时不需要麻醉剂。”；第11行至14行原为“从前耳聪之人几乎可以听到那颗心/嘟囔，在列宁那张方正的厚皮上……/是否只有成功的政治家有机会，/有勇气去怜悯年轻人。”。

⑫ 此处前半句（Power makes nothing final,）是诗人戏仿奥登的金句“诗歌不能使任何事发生”（Poetry makes nothing happen），见《忆叶芝》。后半句是借用维特根斯坦的名言（Words are deeds），出自《哲学语法》（1974年）。

⑬ 手稿本中这首诗（见手稿本图54）原为组诗《重负》的第5首。原诗为：“一大早喳喳叫的乡村鸟儿让人疲劳，/宠妻的平头秃鼻乌鸦刺耳尖叫，/言词之战，无限量的肺……/早晨的邮件把熟悉的声音带到肯特：/‘才不是祝你完全安康呢，绝非如此。’/这就是青涩的生活，甚至是从泪光中听到……/我们打包，离开米尔盖特，像往常一样匆匆/赶去伦敦的火车，留下五盏灯燃着——/用来愚弄窃贼？从来不是相同的五盏

灯。/我们不丢失东西太阳永不会落下，/书、钥匙、信，或者‘亲爱的卡洛琳，/我已经告诉哈丽特你怀上孩子了，/她父亲的。她知道自己将会很少见到他，/实际在场或实际缺席才是问题所在。’”另，参见哈德威克1971年3月21日写给洛威尔的信。

⑭ 参见哈德威克1971年3月12日写给卡洛琳·布莱克伍德的信。

⑮ 手稿本中这首诗（见手稿本图55）原为组诗《重负》的第6首，标题为《“我对通信真是感到绝望……”》。参见哈德威克1971年4月19日写给洛威尔的信。

⑯ 指1971年4月在华盛顿举行的反战集会。

⑰ 手稿本中没有这首诗，这是后来增添的。

⑱ 手稿本中这首诗（见手稿本图56）原为组诗《重负》的第7首，标题为“米尔盖特的后半周”。第2行至第6行原为“伴随这个因仿古装修而焕发青春的房间；/天堂的太阳温暖着打磨过的地板。/有一会儿。年龄是我们对迟钝的恢复，/我的清漆在抱怨：我会永远死去；/油彩和用刀技艺无法保存我们的结局。”。第10行至第14行原为“在缅因州，每块石头都是一块头骨，我们共同的墓碑……/最绿的苹果中潜藏着一股幽灵的气息——/我与娇妻、孩子、屋子和天空坐在一起——/一朵脏兮兮的蘑菇。好运来伴，/绿草盎然到新年——我，我的妻子，我们的孩子。”。

⑲ 手稿本中这首诗（见手稿本图56）的标题是《九个月》，原为组诗《重负》的第8首。原诗稿为：“数周，现在数月，这负重的一年已经/走了，幸福如此缓慢燃烧，持久绵长。/生机勃勃的荨麻成了黑土湿地。/九月。今天我胳膊肘撑得太久，/望见草地上我鼻子的血流成红漆；/我几乎可以把我们的持有物称之为我们的了。/一年工夫，你便从三十八跳到了四十，/加入到能够断案的一席女人中：/女人从未原谅过男人她流过血。/控告因你的健忘烟消云散；/甚至弃权者也有十分之九的液态血。/我在一切事物中都看到、闻到、尝到血。/你拄拐而行，从第八个月到第九个月——/爱就在肉体、心和幽默的完满之中。”

⑳ 参见洛威尔1971年9月24日写给哈德威克的信。

㉑ 手稿本中这首诗（见手稿本图53）原为组诗《重负》的第2首，标题相同，但在1973年版的《海豚》中改为《入院生产前》。第3行至第

4行原为“但只有未来撒谎似真还假，/回答那些问题。十五年前，”；第6行至第11行原为“我捞起我那些旧字眼，亲爱的，亲爱的人儿。/难道我下注的那个幸运数字/会出现两次？生活可不是一场数字游戏，/一场身为人父的我玩得很差的游戏，/自然，那个编号包中的一张百搭牌……/身体上，我似乎还是赢了这边。”。

㉒ 手稿本中这首诗（此诗手稿图放在图56和图58之间，未标序号）的标题为《罗伯特·谢里丹》，在组诗《重负》中排第10。第9行中的“塌瘪，暴躁”原为“萎缩，塌瘪”；第11行原为“‘要是我摸他，我会烫到手指。’”。参见洛威尔1971年10月1日写给女儿哈丽特的信。

㉓ 手稿本中这首诗（见手稿本图53）在组诗《重负》中排第3。第2行原为“建在滚滚泥流之上的卢克索神庙；”；第7行至第9行原为“黯淡的云常常马上就耀眼起来；/我们却没有和孩子们在子宫相伴成长，/像在伦敦失明的弥尔顿看见撒旦，”；第11行的“望见”（watch）原为“看见”（see）；第13行前半句原为“现在卧室闷热”。

㉔ 卢克索神庙坐落在埃及中南部，位于尼罗河东岸，修建于公元前14世纪。另，“滚滚泥流”（rich runny ooze）这个表达的灵感或许来源于济慈的《秋颂》。

㉕ 参见阿德里安·里奇1971年3月21日写给洛威尔的信（L128）。

㉖ 手稿本中没有这首诗，这是后来增添的。

㉗ 1磅为0.4536千克。

㉘ 手稿本中这首诗（见手稿本图57）在组诗《重负》中排第9。第1行至第4行前半句原为“单独一枝摆动的骨架似的黑玫瑰卷须/镶在我的窗户上——灰如牡蛎色的/科尔切斯特，葛饰北斋对稀缺的断言；/它从我身上拧出一声呼喊”；第7行至第14行原为“早上好。我流鼻子了，我寻找血迹……/终于发现与你相爱，很开心，/现在死亡成了我生命的一种配料：/血块和出血，今天，明天，/就像父亲与母亲，他们的青春在六十岁时中风而死；/我已保存他们的血，并将其延续下去……/我拉上窗帘：一个美好的早晨，如常……/天是天蓝色，那黑玫瑰–叶片是绿色的。”。

㉙ 科尔切斯特，英国英格兰东南部城市，位于科恩河畔，河滨泥滩有牡蛎养殖场，周围有著名的玫瑰花圃。牡蛎灰类似灰白色，此处形容

天色。

㉚ “面粉袋般的窗”（flour-sack window）比喻天空灰白；面粉袋一般为灰白色，也可作画布用。

㉛ 葛饰北斋（Katsushika Hokusai，1760—1849），日本江户时代的浮世绘画家，擅用线条。他的绘画风格对后来的欧洲画坛影响很大，影响了德加、马奈、凡·高、高更等许多印象派画家。

㉜ “匮乏”的原文是“dearth”。这个词呼应了上一行中的“骷髅”，让人联想起“死亡”（death）。

又一个夏天①

1.野玫瑰

整个夏天一幅混杂图景，早餐时的画面：
一条弯弯的铁篱笆蔓生着娇滴滴的野玫瑰，
上方是香肠卷似的新割的干草——
戏水的谢里丹套着蓝色的游泳圈：
无论他触碰什么，都被告知不要去触碰
不论他拿到什么，都会得到一些指点。
事情继续发展并起了变化，排行老二的
女儿用啤酒把头发漂浅三个色度——
除非你是个金发美女，否则不会好看……
睡美人，总是发现你与白日搅在一起，
无尽的日子修订着我们的修订——
大家的野玫瑰？……我们的金色夏天
和这班人一样开心。在最幸福之际
我怎知我能让个个都这么有活力？

2.海豚们

那些热心肠的儿童看护者——别说
我从不知道怎么和海豚说话，
想试一试，它们却游走了。
我们常分享这新的生活，新生活——
我还没有驱散我的新英格兰阴影，梳理
我们变样的花园中那些乱翘的头发；
还没有清出锅炉房里蓬松的软毛；
也没有绊倒在看不见的化粪池盖口。
我们的时间像夏天一样愈发短暂又明亮，
每天都有上学第一天那种浑身打冷战的反应。
一声接一声的咳嗽就像游泳者在泳池里叫喊——
身为母亲，与多数父亲不同，必须要有男人气概。
第二只腊肠犬会死于一个发育不良的肺吗?
这个烫伤的孩子会碰落她第二个滚烫的水壶吗?②

3. 伊万娜

小心肝，被居高临下地爱着，
克鲁马努人[③]式的长篇激烈演说竟已过六载，
在世间的痛苦来袭之前
这是儿童之乐最后的疯狂。
被追上楼依旧是瞬息的天堂，
还不用在周末紧闭双唇哼唱即兴音阶
为肯特圣心修女会重新谱曲的
录在磁带上的颂歌伴唱。
虽然烫伤，你还有希望，经验无法告诉你
经验就是你不想经历的那些事。
难道所有疼痛的主担者是青少年？[④]
抑或是老不正经、谈话堪比三种噪声
寿命比殉道者还更短的老年人？
所有年纪都痛恨另一个年纪，

终生都想知道完美的年纪如何定义！

4.赡养费

（将来的一个梦）

三个，四个，然后五个孩子[5]，还好
都是命运的人质，不全是我们的——
大海向我们袭来，我们就把大海往外移……
有进展却又一无所获；四所我在其中长大的波士顿房子，
斜纹砖表现派[6]的新英格兰秋天；
我走，跑，心中欢喜又有冰霜……与哈丽特在一起……
一个梭鱼聚居地。(圣多明各[7]，
快速办理的离婚，一大笔的赡养费，
独裁者[8]的码头不安全，因为有鲨鱼
每天报到两次，如咧嘴笑着讨好人的小狗
来饮用我们的污水，甚至是它们自己的排泄物……)
“我不确定是否想再见到她。”
哈丽特哈哈大笑，毫无恶意……开心地说：
“妈妈就是这样讲你的。”

5.新欢（卡洛琳）

那一刻说：我愿意，我愿意，我愿意……
女友们跟我讲，我必须留在纽约，
在任何地方都不会交到这样的新朋友；
但她们不明白，
无论在哪里他都是我的朋友。

注 释

① 手稿本中没有这组诗，这是后来增添的。

② 1972年1月，洛威尔的继女，6岁的伊万娜打翻热水壶，严重烫伤，住院治疗三个月。参见洛威尔1972年2月5日写给哈德威克的信。

③ 即晚期智人。1868年在法国克鲁马努地区的一些山洞里发现了5具骨架，经分析，他们大约生活在3.1万—4万年前，被称为克鲁马努人。

④ 这句诗原文是："Are teenagers the dominant of all ache?"。这与1973年版略有不同，1973版的原文是："Is the teenager the dominant of ache?"意思是："那个少年是疼痛的主担者吗?"

⑤ 卡洛琳与第二任丈夫、作曲家以色列·契考维茨（Israel Citkowitz，1909—1974）生了三个孩子，即大女儿娜塔莉娅、二女儿叶夫根尼娅和小女儿伊万娜，后与洛威尔又育一子谢里丹，再加洛威尔与前妻哈德威克生的女儿哈丽特，所以这个后来组建的家庭共有五个孩子。

⑥ 砖表现派是一种表现主义风格在建筑界的特定变体，该风格的建筑使用砖、瓦或熟料砖作为主要的可见建筑材料。该风格的建筑大多出现在20世纪20年代，主要是在德国和荷兰。

⑦ 位于加勒比海，是多米尼加共和国的首都。此地办理离婚手续简单迅速，洛威尔与布莱克伍德于1972年10月在此分别与各自的前任离婚，紧接着又在此结为夫妻。

⑧ 指拉斐尔·特鲁希略（Rafael Trujillo，1891—1961），曾担任多米尼加的总统，对国内实行独裁统治，素有加勒比海狼犬之称，1961年5月30日遇刺身亡。

离开美国前往英国[①]

1.美国[②]

我一生偏爱反复作业于同一片水域——
那里，一日也是日子，美国就是所有景观，
海洋单一庞大，历经沧桑；
湖泊即海洋，自然倾向于吞纳……
改变我、大地或天空，我依然故我；
上年纪就退回习惯，解了又解的谜
牢记于心，玩了又玩的游戏刻在记忆，
奔跑者在泥滑的小路上减肥，
猎用鱼在狭窄的河道里长膘，
对个性的诱惑充耳不闻。
但愿那娱乐人的不确定性
助我不要看穿我爱的任何人……
为去英国而训练过度，我发现美国……
上方是一动不动的天堂变换的天空。

2. 丢失的鱼[③]

这沉重的脚步在浅水滩变幻莫测——
一次眯着眼在撒了糖的鳗鱼草丛里抓鱼玩，
我看到玻璃鱼雷似的一条大鱼，
大家伙，偏离了光照不到的深度，
游荡在浅滩，已是筋疲力尽。
我那时七岁，钓鱼还不能用钩子。
幸运的是，母亲依然无所不能——
一片破败的天空，一片更加荒凉的湖面，
我沉重的剑形牵引杆弯成了L形，
淹在水中的树桩，麝鼠窝，我的破纪录的鱼，
它不停摇晃的样子比海龟更有趣……
鱼线断了，或是结拉开了——我自由了
可以跪着走到这段婚姻的尽头。
我们搅动的泥浆在大量沉积。

3. 真相

楼下两个孩子在反复练习钢琴二重奏，
当真理说早上好时，就意味着再见。
1930年牛津这个有洗刷力的声音④：
“任何推动个人的东西都不应该出版，
甚至普鲁斯特的《追忆》或莎翁的《十四行诗》也不行，
那只是一场用原材料做的味道极差的盛宴……。
没有哪个爱尔兰人能避重就轻或者只喝酒……
W. B. 叶芝不是一个绅士，
他没有说实话：一个小时，
我边走边祈祷——谁做祈祷刚好一个小时？
叶芝眼睛不好，啥也没看见……连雌孔雀也没看见：
吟游诗人和家禽场能扯上关系吗？
临了，他踩在高跷上，写了一首好诗，
小小地忏悔了一下所有这宏大的不完美。”

4.难说

（给卡洛琳）

我们对其他友人谈起一位密友
比起亮星为他的纪念文集评分
可没有那么自命不凡，更多是恶意！哪个更真实——
那令人别扭、为出版而写的全套华丽文字
还是那无言、刻意、不平静、无人得见？
我能当面告诉你的最好的东西
在孤寂中磨糙我对你的爱。
看到那条漫长而又寂寞的路了吗？它必须终止，
服从意愿，其次才是大结局——
我还是年轻人，还没完、到处跑……
一大圈星星躺在珠宝商的天鹅绒上；
凑近些来告诉我什么时候我会死——
不知行将就木的爱，它会怎么做？
难说，难说……甚至没有选择的余地。

5.病了[5]

醒来才发现自己孤独了这么久，
太阳正挣扎着放弃高高在上——
两只大象在拖着我的脑袋。
没有活着也许原本就是赎罪——
病中，身与心可能会成就一段婚姻，
由于抑郁我或许会权衡利弊——
病人差一点就挣到许多美事，
一座城堡、两辆汽车、祖上留下的能干老仆，
早餐托盘上的黄金养胃泡腾片——
聚在鱼池中等待上餐桌的鱼。
我们无人能够说出或者想要说出真相，
我们为已达超限而付费，漂浮在
那条奔向迟暮的孤独之河，
去往那个开放式的结局。有时在病中，

我们气若游丝，足可步入天堂。

6.面对自己

在室内待上一天后，有时会看见
剃须镜中的这张脸，同照片上一样
见老，软弱，高贵不凡——
已是公认。但还是感受不到
想要成为基督徒的诱惑。

注 释

① 手稿本中这个标题下的组诗只有3首（见手稿本图44—图45）。现该组诗共6首，其中第3首《真相》、第4首《难说》和第6首《面对自己》是后来增添的。第5首诗在手稿本中原为第3首诗，标题为《生病日》。

② 手稿本中这首诗（见手稿本图44）标题为《离开美国前往英国?》。第1行原为“我一生偏爱在同一片水域钓鱼——”；第4行至第6行前半句原为“我们的岸畅饮海洋，自然倾向于吞纳……/半个夏天我靠划船来保持青春，但变老成了一种习惯”；第10行至第12行原为“大多数幸存者出生时脚先落地。/助我不要看穿我爱的任何人，/不要看穿那娱乐人的不确定性。”。

③ 手稿本中这首诗（见手稿本图44）第12行至13行原为“然后我的线断了，或是结拉开了；我们不受束缚了，/我跪行走到这段婚姻的尽头。”。

④ 指W.H.奥登。奥登主张写非个人化的诗歌，并且非常不满洛威尔在《海豚》（手稿本）中对伊丽莎白·哈德威克和哈丽特的处理方式，曾告诫洛威尔的好友威廉·阿尔弗雷德，要他别理睬洛威尔。

⑤ 手稿本中这首诗（见手稿本图45）原为第3首，标题为《生病日》，是标准的十四行体诗。第1行原为“下午四点，天空橙黑相间，”；第4至14行原为“若是我因病而能权衡利弊……/在这个生病的日子，我挣到许多美事：/一座城堡、鸭子、祖上留下的能干老仆，/让人话语滔滔不绝、爱尔兰诗人聚会的沙龙，/早餐托盘上的黄金养胃泡腾片，/聚在鱼池中等待上餐桌的鱼。/我们无人能够说出或者想要说出真相，/或是低调处理我们丢失的鱼，同时又漂浮在/那条奔向迟暮的孤独之河/去往那个开放式的结局。有时在病中，/爱是如此简单，足可步入天堂。”。

狐　皮[①]

“我遇见伊凡穿着一件极好的狐皮大衣，
奢华又邋遢，希望你也有一件……你那灰白的
把子头从灰白的狐皮领子冒出。
很想和你一起笑，一起闲聊，分享新闻……或者旧闻；
你会很满意哈丽特的进步，
过去六个月她不再是个孩子了，
她说上帝只是另一个伟大的人，
是关在笼子里的鬓角灰白的类人猿。
你愿意和我们一起去看《弥赛亚》[②]吗，
12月17日，星期四，[③]
然后就在那间俄罗斯茶室吃饭？
没人查你的岗，[④]只是想念你……
我等着你的来信，收不到会颤抖，
收到会抖得更厉害。没什么新鲜事。”

注　释

①　手稿本中这首诗（见手稿本图47）是组诗《飞往纽约》中的第1首，有较大改动。原诗稿为：“‘已经聘用了老牌的/法拉、斯特拉斯和吉鲁，即使/出租车罢工开始了，他们的豪华轿车也能为我们所用。/我遇见伊凡穿着一件极好的狐皮大衣，/奢华又邋遢……给你买了一件……你那灰白的/把子头从灰白的狐皮领子里冒出；/但害怕被拒绝，会拖延些时日……/没人查你的岗，只是想念你；/你会很满意哈丽特的进步：/过去两个月她不再是个孩子了，/她现在可是妈妈的朋友，不是敌人，/除非我大喊大叫：可恶，刷牙去。/她说上帝只是另一个伟大的人，/是关在笼子里的鬓角灰白的类人猿。’”

②　指作曲家亨德尔的大型清唱剧《弥赛亚》，多在圣诞季演出。

③　参见洛威尔1970年12月写给哈德威克的信。

④　参见洛威尔1970年12月3日写给哈德威克的信后附言。

在电话那端[①]

我的回避和拐弯抹角，无法
在任何问题上接受显而易见的事实——
为什么我要做我不想说的事?
一切都不重要时，我问——我永远不明白。
你长剑一样的声音——我受够了——
快语如刀，锋锐刺耳，令人心惊……
所有活物那不可战胜的生命力，
随一个个词语落下，如叮当的银圆……
爱不是曾经的错，我们留着女儿；
好父亲什么样不是自夸出来的——
我们不再是小孩子时仍要做朋友……
为什么我顶着嗓门说话?
我是在和你们打越洋电话，
我们几乎是在彼此的怀中交谈。

注 释

① 手稿本中没有这首诗，这是后来增添的。

车、走路等，一封未寄出的信[1]

“过去的三天里，谢里丹学会了走路，
把四足动物抛在身后——出于某种原因
小宠物们都避开他……”谁和一个致命的朋友握手?
我看见一个巨大的、沙沙响的棕色旧纸袋，
只是图片，不是实物；我试图拆开纸袋时
它滑落在我手中。是我们老旧的汽车，
从必然的疏忽中又活了过来，
像赫克托的幽灵一样从地下发出警告——
汽车墓地……如今不再过时。[2]
在英国我不开车，但在我看来，
过去的这几年时光，尤其是夏天，
如果开车的话，我是可以开回去的，
我们的老勃艮第福特牌夏季旅行车，
我们的第四辆，也是第一辆不易发生事故的车。[3]

注 释

① 手稿本中没有这首诗，这是后来增添的。

② 1973年版的《海豚》中，这一行诗并无后半句“如今不再过时”。

③ 参见洛威尔1970年4月26日写给哈德威克的信。

飞往纽约[①]

1. 机票[②]

一种病毒和它引起的一堆疙瘩似的疼痛——
飞行的高度似乎远超以往，
这个时节去纽约不吉利，
打越洋电话送吻也晦气——
伦敦的湿气进了屋，气味肥沃，
房间里都长出了树。我读福特的《最惨故事》[③]，
在纳什维尔做他的学生时读过他的《三角》。
改变我们的事物只发生了些许改变，
二十五年的婚姻，一本生命之书[④]——
结局可选？我买的是往返机票……
五十之后来了这么多快乐，
不太想将我这赤裸掩藏——
新西服挺括闪亮，感觉
已获重生，但也不完全幸福。

2. 与卡洛琳在候机室[5]

“伦敦华埠灰或者牡蛎灰，
每一种可怕的灰漆漆的灰——
无须编造牵强的意象
为我的心情营造一种气候……
如果我有歇斯底里的醉态发作，
那是因为太爱你。爱令我疯狂，
我害怕……我们把餐厅改成了小宝宝的卧室——
心里不踏实，不确定你回不回来。
跟你在一起我比从前更快乐。
更有安全感……”[6]起飞灯亮了，我的飞机
那巨大的脐带似的白色入口砰的一声就位。
航班确定……无疑这是一种奇怪的喜悦，
既让我们自责，又决意让我们达成心愿。
一切都是真实的，直至它落地成书。

3. 炼狱[7]

这幅肖像画，常用作卷首插图，画中
但丁太容易辨识了——
他身后是一座塔，高度与他差不多，
实则更低，逐渐尖细如一根手指，
回廊逶迤蛇行，渐渐远去：
那是炼狱，一小块的欧洲，
不太像现实，而更像是建造者所愿，
它俯身乞求建筑师的支持，
天堂这边从未提供的保险。
过去的五十年就矗立成那样；
人们挤进回廊以躲避
第二次死亡，呼喊声充满男子气概，
因为许多是妇女和儿童，但造物者
无法举起他那只彩绘的手来阻止人们擅自闯入。

4.航班[8]

如果我不能爱自己，你能爱这个我吗?
沮丧时刻我是个好伴侣……
我把自己带来了，几乎是我最好的朋友，
一个仍可以整周在家伏案的写作者，
把反复修改的稿子念给气喘吁吁的妻子听。
如果晚生二十年，我或许已准备好
轮流做饭，为孩子洗澡——
我这个休假父亲……不是什么美差——
已飞入纽约……眼前一派蓬勃景象，
发光的脚手架，白色的水泥墙，
费宁格[9]镜头下的摩天大楼帆船似的飞过，
入海口上演着几何学传奇，
锥形小丑帽在空中舞蹈……
冷灰色的跑道越来越清晰。

5. 再回纽约[10]

离开伦敦，这风，这眼，我的思绪
露出豁口的粗梳齿，在纽约疾速狂奔，
头脑简单的街道单向直行，
坐公交车无须排队，一切井然有序，
一个畏缩的伦敦正以二十倍速高耸入云；
这座鱼形城市，摩登十足，全金属打造，
一丝不苟的严苛须靠情节剧来缓和，
喜欢摆事实讲道理，却又极易恼怒，
对美貌美名的钟情亦可上市销售——
爱依旧，但屋子已荒废。
在这风暴一样的生命吹抵夜晚之前，我该做些什么？
没有上天的眷顾，光有热忱无用，
没有哪条自然法则会姑息，捡起这张账单——
只有靠打电话聊天存活。

6.没有弥赛亚[11]

找时间我一定试着写出真相，
但我们在罗马道别后
几乎每件事都出了岔子。
甚至天马行空的思想也造反了，
找不到地方安顿我这两种生活。
有些事，比如死亡，注定不会有结果。
我来时穿着雨衣，像某个光着身子的人，
但只有女孩才光着身子穿雨衣。[12]
晕机，吃不下纽约的食物，感觉老旧的
地铁在我们公寓楼层呼啸而过，
我停在我们裱着圣诞画的卧室里，听到
我的诺洛[13]，那个非弥赛亚式的人——[14]
坠落，无声地坠落，然后一个响亮的坠落
在别处被更响亮的坠落应和。

7.死神与少女

《死神与少女》[15]中的女孩害怕婚姻吗?
这没有尽头的青春期，我们
辛苦得到，却又拼了命也要放手——
我有个陋习，喜欢敲手指数时间，
就像一页页并未请求翻阅的手稿。
那辉煌的时刻我们一度单独分享，
像是品味上帝野餐后以及旧时光里的残羹。
别人哭泣时，为何我却喜极而泣?
一天早晨，我们看到一样东西，既像杂草又像野花，
从谷仓地板唯一的洞孔长出——
它抓住了这万难的存活机会。
我们知道那是某个乔装打扮的人，
一个愚蠢的好人——瘦弱，塌鼻子，不请自来，
那个不知该如何离开一间屋子的绿衣女孩。

8.纽约

更凛冽的空气与更高耸的建筑——
老式渔具箱一般的摩天大楼，
玻璃肉身、锡制筋骨……好讽刺
1950年被讥为摩登，而今被赞为摩登。
仿佛有人试图让北极熊
生活在非洲——有些确实活了下来，
北极熊那些稀奇古怪、难以消化的干粮[16]呀……
从前不是这样，哦，不是这样，
十年二十年前我来过此地……
现在我用一只黄色的眼[17]看待这一切；
但纽约人的语言，不像英式英语，
不会让我害怕自己成为聋子……
昨晚四五点钟，每每醒来
都发现自己在哭——但哭得不太厉害。

9. 无眠[18]

到家了，晚上躺在睡了十年的工作床上，
我过去在这张床上面壁索词，醒来
露出自证有罪时那种不自然的微笑，
然后和现在一样，听着远处呜呜的汽笛声，
小如哈得逊河上一艘巡逻的港务船，
持续的呜呜声不曾减弱
抑或增强，贯穿这无眠之夜。
我听着它平淡的单调，那声音
守持不变，从不靠短路去超尘拔俗，
为臻于此境我倒是高调炫技，折腾太久。
朋友全都是作家。我有资格
睡觉吗？我把自己交给了时运，
追求自我时的那种持续压痛
对手可不会将其慷慨赠予兄弟。

10.纽约

我可以多走动走动……走过这三十年
到琼 · 斯塔福德[19]的纽约，还有珍珠港、教堂?
大部分老友几乎都已作古，
都有资格年迈体衰，舔食奶油[20]——
倘若如此重伤人的时间有所改善?
我们的拼杀也不完全是徒劳，将哈丽特推向了
这令人心跳、而今十分野蛮的大都市……
一种友好而柔软的抑郁将空气染成褐色，
并非我的眼镜需要一块手帕……
是我仿佛踮着脚尖站在一张椅子上
所以情不自禁触摸了天花板——
通话时几乎是在打情骂俏，电话那端
我的三个妻子——仿佛我赖以生存的三维空间——
三位作家，都不是纽约人，都在此有过美好时光。

11. 圣诞节[21]

现在，你的声音往往太过明亮；
总是听见你……不足为奇，尽管是言语上的……[22]
把我叫醒：真理，真相，直到
事情好像根本就没存在过。
我不能说出这个圣诞节我们为你计划好的事。
我已写信给我的家人说今天不打电话，
我们不得不把你的照片都收起来。
不得不这么做。我们别无选择——我们，我，它们？……
我们的圣诞树似乎与自然起了冲突，
脱落成一个裸露的圆锥形触发接线器。
这段最糟糕的时间并非不幸福，绿色的树汁
仍然漫过干透的外皮，刺一样的针叶
在过堂风中摇摆，仿佛还活着——我亦如此，
因为心在摇摆，也算是活着吧。

12. 圣诞节[23]

家的这种单调和似曾相识
让我爱上它；更蓝的日子会来临
并适应这些圣诞节礼物：
红木熊，柠檬蛋液洗发水，家庭电影投影机，
还有一本胖胖的书，日出红，有题字，
丽兹题写给我的："你为何没有迷失自己
去写一部关于日本倒台的戏剧?"
轻盈的鸟儿，轻松的负担，没有沉重的责任
要表现出普遍的友善
与礼貌……我们在家，很温暖，
仿佛已经逃离那张张开的大嘴——
就在我们脚底游着，像一艘潜艇，
像一位母亲那样有核能，有保护欲，
一只真正的鲨鱼，离别的影子。

注　释

① 手稿本中这个标题下的组诗共有10首（见手稿本图47—图50），原第1首《狐皮》（见手稿本图47）经过修订后移出，单独成为一首诗（见本书第149页），原排第2的《弥赛亚》（见手稿本图47）被删除，其中的诗句被用在修订后的《狐皮》和《在邮件里》（见本书第82页）。另，修订后的现版中，组诗排列的顺序有所调整；第7首《死神与少女》、第8首《纽约》和第10首《纽约》是新增添的。手稿本中的单首诗《炼狱》被纳入此组诗，排第3。

② 手稿本中这首诗（见手稿本图48）原排第3。第3行中“这个时节”原为“这种天气”；第5行中的“气味肥沃”原为“气味刺鼻”；第6行后半句至第8行前半句原为“我在读福特的《最有些人不》，/三十五年前在纳什维尔，同样的潮湿，/同样的书。”；第12行至第13行原为“我很难给这有接缝的身体穿上衣服——/新西服刷了虫胶，粗钝，感觉，”。

③ 福特的传记。

④ 可对比英国小说家D.H.劳伦斯在《小说为何重要》中的一句话：“小说是一本生命之书。”

⑤ 手稿本中这首诗（见手稿本图48）的标题为《候机室别离》，其中的直接引语从第6行起，至第11行结束。第4行后的省略号原为破折号；第5行至第14行原为“任何事都是真实的，直至它落地成书。/‘如果我有歇斯底里的醉态发作，/那是因为太爱你。爱令我疯狂，/我害怕。我要把餐厅改成一间卧室。/心里不踏实，不确定你回不回来。/跟你在一起我比从前更快乐；/我的痛苦总是缠绕着喜悦。’/我的信号灯闪亮了。飞机在门边。/我们的金戒指碰触。当然，巨大的喜悦/既让我们自责，又让我们渴望犯错。”。

⑥ 参见卡洛琳·布莱克伍德1970年12月14日写给洛威尔的信。

⑦ 手稿本中这首诗（见手稿本图20）第4行原为“逐渐细成一掌宽的尖度”；第7行后半句原为“更像是建造者的模型”；第8行中的“建筑师”原为“建造者”。另，参见洛威尔1970年10月21日写给里奇的信，信中写道：“我记得以前看过这么一幅画，大概是在某本书的扉页上，画中但丁的背后，是一座瑰丽精巧、回廊交错的高塔——那是炼狱，似有倾

颓之势。”他应该指的是意大利画家多梅尼科·迪·米凯利诺（Domenico di Michelino，1417—1491）为纪念但丁诞生200周年所画的《但丁的<神曲>》，该画作现存于佛罗伦萨大教堂的中堂，该画作也用作圣殿版的但丁作品《炼狱》的扉页画。

⑧ 手稿本中这首诗（见手稿本图49）原排第5。第1行至第9行前半句原为“若是沮丧我是更好的伴侣……/我把身体带来了，几乎是我最好的朋友，/我的成天在家的写作秘书，/把工作记录打出来给气喘吁吁的客人。/如果我不能爱自己，你能爱这个我吗？/出生晚一代的话，我可能/学习了做饭、喂孩子——/不是什么美差。我是你外地来的朋友，/正飞往纽约……”。

⑨ 费宁格（Andreas Feininger，1906—1999），美国摄影家，出生于巴黎。费宁格深深地为他的第二故乡纽约而着迷，摄有大量表现纽约市景的摄影作品，对纽约这个大都市的建筑有着自己独到的理解，许多作品直到如今仍被奉为经典。

⑩ 手稿本中这首诗（见手稿本图49）原排第6。第3行中的“单向直行”原为“都是单行道”；第5行中的“畏缩”原为“蜷缩”；第13行中的“捡起这张账单”原为“为此买单”。

⑪ 手稿本中这首诗（见手稿本图50）原排第7。第2行原为“但自从我们罗马一别后的八个月里”；第5行原为“没有空地方安顿我这两种生活。”。参见第149页的《狐皮》。

⑫ 参见洛威尔1970年12月3日写给哈德威克的信后附言。

⑬ 诺洛（Nolo）是洛威尔对拉丁语“nolo contendere”（我不想争辩）的戏用。一般认为，有弥赛亚情结的人是想要通过拯救他人来使自己获救，通过扮演一种救世主的角色来体会到自己的价值，这是无法消除自卑感的人常常会陷入的一种狂妄自大的形态，通常也是躁狂症的一种表现特征。说自己是“非弥赛亚式的人”，就等于承认自己的卑微与无能。

⑭ 参见洛威尔1970年12月写给哈德威克的信。

⑮ 或指奥地利作曲家舒伯特创作的一部弦乐四重奏，也可能指奥地利表现主义画家埃贡·席勒（Egon Schiele，1890—1918）的一幅代表作品。

⑯ 原文是“stron gmeat”，来源于《新约·希伯来书》第5章第12节：看你们学习的工夫，本该作师傅，谁知还得有人将神圣言小学的开端另教导你们，并且成了那必须吃奶的，不能吃干粮（strong meat）的人。

⑰ 英语中“a yellow eye”有表示嫉妒的意思。

⑱ 手稿本中这首诗（见手稿图50）原排第8。第9行后半句原为“从不为超尘拔俗而胡来”；第11行至12行中的“我”原为“我们”。

⑲ 洛威尔的第一任妻子，两人1940年结婚，1948年离婚。

⑳ 此处译文保留了原句的意象。原文“lap the cream”可以令人联想到英语中的成语“to actlike a cat swallowed the cream”（原意是“像猫一样吞吃奶油”，后引申为“得意扬扬”），洛威尔的幽默在这里可窥一斑，即人老了，胃口也小了。但英语里还有一句话：“There are more ways of killing a cat than by choking it with cream.”（杀猫的方法很多，不必非用奶油呛死它。）这句话有点类似于汉语里的“不要非在一棵树上吊死不可”。

㉑ 手稿本中这首诗（见手稿本图51）原排第9，标题为《1970年圣诞节》。第1行至第5行原为“近来，你的声音明亮，经常如此，/良心的声音有了口头的表达……我总是听见你/把我叫醒：半真，不真，/全部真相——一个如另一个那么真实：‘我不能告诉你/这个圣诞季我们为你计划好的事。”；第8行原为“我们别无选择。’真的，我们……我们？事情都会过去。”；第11行前半句原为“最坏也就是这段时间不是不开心，”；第12行后半句原为“浓密的大树枝，”；第13行后半句与第14行前半句原为“而我一样，因为/我摇摆过，”。

㉒ 这行诗后半句原文“commonsense，though verbal…”与1973年版的“commonsense，though tense…”（不足为奇，尽管令人紧张……）略有不同。对比1972年的手稿本，见本组诗注释①或手稿本图51。

㉓ 手稿本中这首诗（见手稿本图51）原排第10，标题为《1970年圣诞节》。第4行中的“柠檬”原为“橡胶”；第5行中的“胖胖的”原为“沉沉的”；第8行中的“轻盈的鸟儿”原为“鸟一样的精灵”。

海　豚[1]

我的海豚，你只以惊奇引领我，
令我忘却一切，就像拉辛[2]，那位匠人
听凭费德尔绝妙空灵的歌喉引导
穿行在自己用铁构建的迷宫。
我精神躁郁时，是你跃向我的身体，
它吊在自己沉下的绞刑索里，
我的意志只是木然地作着揖……[3]
我已经坐着听了太多
通力协作的缪斯之词，
又或许与自己谋划人生时太过随意，
不免伤及他人，
不免伤及自己——
想求取同情……这本书，虚虚实实，
如一张鳗鱼网，人织它为的是与鳗鱼作战——[4]

我的双眼已目睹我的手工之作。

注 释

① 手稿本中这首诗（见手稿本图58）是十四行诗的标准体，修订后为15行，参见《渔网》注释①（见本书第23页）。第2行前半句原为“像拉辛一样无助”；第7行原为“意志只是端然地作着揖……”；第8行至第14行原为：“我已经听了太多言辞，/与自己人生谋划时太过随意，/不免伤及他人，/不免伤及自己；/早晚会请求同情这本书，它虚虚实实，/如一张鳗鱼网，人织它为的是与鳗鱼作战。/鱼饵尚在自由游动，为何要吃掉鲨鱼?”

② 这行诗的前半部分，在手稿本中是“像拉辛一样无助（as helpless as Racine）”，1973年版中改为“拉辛一样的囚徒”（a captive as Racine）。另，拉辛是17世纪法国著名的古典主义剧作家，其名作《费德尔》（1677年）讲述的是雅典国王的继后费德尔爱上继子的悲剧故事，洛威尔为其紧凑的故事情节、鲜明的人物刻画、优美的诗体语言所吸引，曾将此剧作译成英语并于1961年出版。

③ 诗中的第6行和第7行隐喻诗人遭受躁狂症折磨时有过的自杀念头。

④ 参见洛威尔1971年4月25日写给斯坦利·库尼茨的信。洛威尔在信中说：“丽兹就是那个女主角，是我试图用鳗鱼网诱捕和放生的那条鳗鱼。”

《海豚》手稿本（1972年）

《海豚》手稿本（1972年）

这一版《海豚》收入了1972年和1973年的修改稿，按最新到最初的顺序呈现。这样安排，是出于对洛威尔决定以1973年版的形态和情节编排出版该诗集[①]的尊重。洛威尔在回顾诗作、权衡得失之后，将事件始末从实际顺序改为虚构。

两个版本都勾勒并构设了他自己的经历。在压轴之作《海豚》中，他为这本“虚虚实实”的书求取同情，耐人寻味。虚虚实实，即真实和虚构相互交织，相互映衬。诗中的人物拥有真实人物的姓名，但其所写或所说都出自洛威尔之手或口。他们的言词有一半是洛威尔的，因为是他将所用文档或记忆中的写作资源改头换面。在这些以他人口吻为主的诗作中，无论洛威尔花多大的力气进行修订，试图将其“钝化或斜置”，他自己那种基本口技在1973年和1972年的版本中都始终存在。

正如这版诗集的导言所指出的那样，这本诗集有两种存在状

---

① 1973年出版的《海豚》第1版被第2次印刷和1974年的平装版取代之后，很久以来都无法获得。洛威尔在第2次印刷中对个别诗歌所做的改动多达十几处。他对平装版以及诗选集（共3版，分别于1974年、1976年和1977年出版）中收入的诗作又做了进一步的改动。这些出版后所做的修改，在《诗集》中《海豚》那部分的编辑合成版中有完整的记录。1973年的第1版中有6处拼写或标点符号可能是打字错误，但我们无法确定。洛威尔随后对这些内容的改动可能是他所做的修改或修订，所以我认为最好自始至终以第1版为准，而不是对种种可能进行裁决。

态，它们主要的区别在于其结构不同。1972年的手稿版紧循洛威尔生活中的那些真实事件——书中的主人公爱上卡洛琳，躁狂症发作，康复，情感徘徊，7个月之后飞返纽约，结束与丽兹的婚姻。在故事结尾处，他和卡洛琳的孩子——罗伯特·谢里丹[1]出生了。但在1973年的版本中，洛威尔重新安排了事件顺序，将时间拉长，使主人公最终得以决定离开丽兹，与卡洛琳共同生活在一起，一年之后他们的孩子才出生，时间跨度超过两年。洛威尔在一封信中对这一更改的理由进行了呈述：

> 我原本打算用《飞往纽约》这组诗来收尾，甚至想把这组诗放在卡洛琳~~生下~~怀上谢里丹之后，但我担心这样一来读者会觉得我有撒谎之嫌。~~现在~~“启程”这一结局虽然没有严格按照时间顺序来处理，但它却是个真实事件。所以我当然会把它放在结尾处，这样既保证了它的真实性，又是按时间顺序走的，而非是我空口白牙的杜撰。这是在诡辩吗？不，算不上是诡辩。它\这/就是故事的真相，而且在某种程度上是再度重演。我并非为了提高诗的质量去改动原信，其实我最希望的就是一无所失……既有所失又有所得吧。[2]

对洛威尔来说，回顾性地揭开“故事的真相”，意味着承认对这些情节进行了改动，承认他正在创作的这部半虚构的作品得失参半。

---

① 《海豚》中给那个孩子取的名字，同时也是罗伯特·洛威尔和卡洛琳·布莱克伍德的儿子罗伯特·谢里丹·洛威尔的真实名字。

② 见罗伯特·洛威尔1972年5月15日写给弗兰克·比达特的信（《海豚信：1970—1979》）。

文本说明

洛威尔于1972年1月完成了《海豚》的草稿。在努力完成终稿时，他得到卡洛琳·布莱克伍德和弗兰克·比达特的帮助。据比达特回忆，他们会逐页检查诗稿，此时洛威尔通常“躺在他日间休息的沙发上，指出必改之处”，布莱克伍德或者比达特则将其写在相应的页面上。这个手稿本后来由比达特定稿并将其复印，赠给洛威尔的朋友教正，复印本也有可能是为“打字员或印刷工人”[①]准备的。如果手稿页上有不清楚的更改之处，比达特会在页边空白处重写，但所有更改都被认为是经过洛威尔自己确认的。

这本诗稿，洛威尔从未准予公开发表，它是1972年那份早期手稿的一个复印件，附在此处是为了让读者有像在洛威尔的朋友圈阅读它时的那种体验。它的字迹清晰明了，页边空白处的文字让人对洛威尔的写作有一种视觉印象……

这份汇编而成的手稿有两个来源。来自得克萨斯大学奥斯汀分校哈里·兰塞姆中心收藏的那份洛威尔稍有改动的打字原稿，由1到50页组成，缺少标题页和第25页。此处的标题页、第25页以及编号为51至58的最后几页，来自弗兰克·比达特的影印件。我们可以确信，这一版复制的手稿，是1972年初给洛威尔的朋友们的赠阅稿，没有证据表明在比达特影印该版之后，洛威尔又对

① 见2017年1月29日的编辑访谈。

其正页[1]进行了任何新的改动。

把手写更改之处打印出来，将其标准化，可以让词义场(the lexical field)忙碌起来——打印出来的更改不能替代打字原稿本身，因为打字原稿才最为清楚地揭示了洛威尔的创作过程和修改过程，方便那些专注而又感兴趣的读者去体验，而这些转录可以随时用来帮助理解。

感谢凯瑟琳·巴内特、乔纳森·加拉西、保罗·基根、艾米莉·克莱默、克里斯托弗·里克斯和菲奥娜·威尔逊。对他们的慷慨与关注，我深表感谢；对他们敏锐的洞察力，我一直深感敬佩。

---

① 手稿本有6页的反面写有文字——有一页的反面是一首诗的笔记，但与这本《海豚》无关。还有4页的反面是打错的标题，本版没有复制。第38页上比达特对《画家的模特》第2节的订正，续写到该页的反面，一并附在此处。

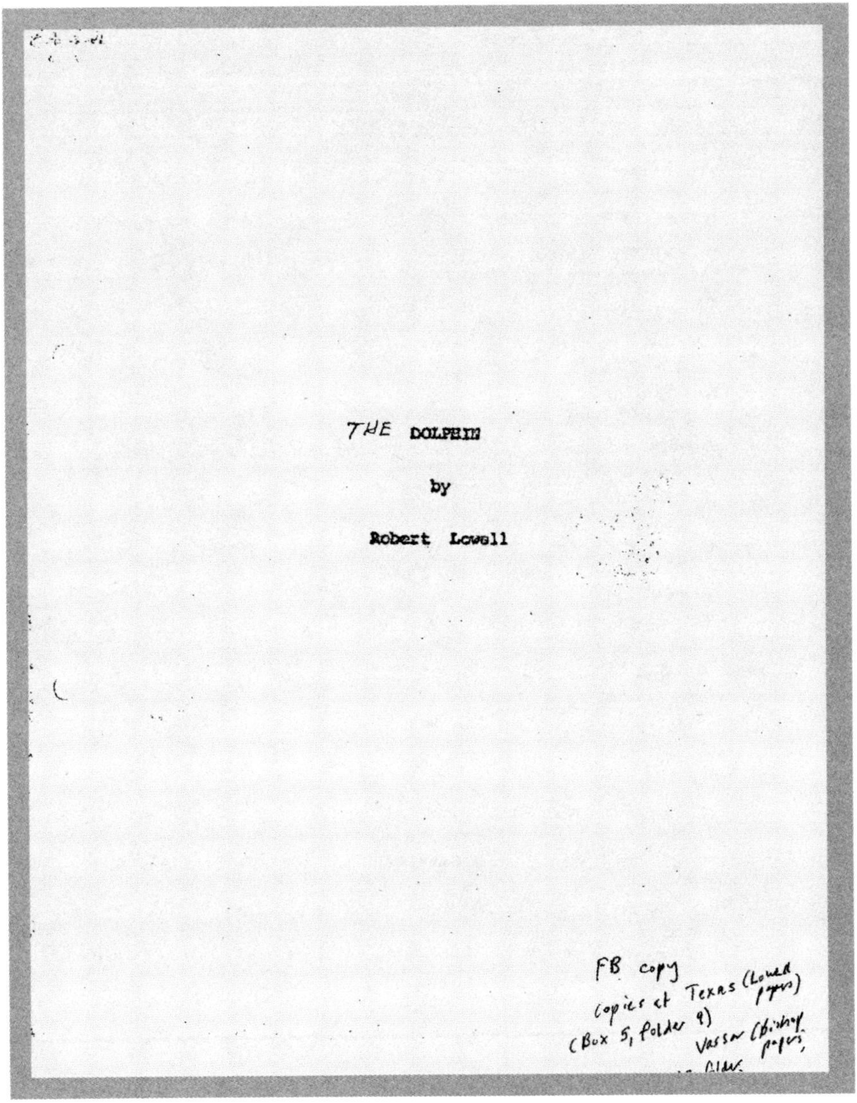

THE DOLPHIN

by

Robert Lowell

FB copy
copies at Texas (Lowell papers)
(Box 5, folder 9)
Vassar (Bishop papers,

1

CONTENTS

FISHNET

REDCLIFFE SQUARE:

I. ~~THE~~ WINDOW

2. AMERICA FROM OXFORD

3. OXFORD

4. SERPENT

5. SYMPTOMS

6. DIAGNOSIS

HOSPITAL: 1. SHOES

~~1.~~ 2. STAIRWELL

~~2.~~ 3. JUVENILIA

~~3.~~ 4. DOUBL~~E~~-VISION E

FARTHER SHORE:

I. From my Wife (caps)

2. OLD SNAPSHOT

3. NOTES FOR AN UNWRITTEN LETTER

CAROLINE:

I. FLASHBACK TO WASHINGTON SQUARE 1966

2. FRAGILITY

3. JULY-AUGUST

4. MORNING BLUE

SUMMER BETWEEN TERMS

FALL WEEKEND AT MILGATE I--3

"I was playing records..." (caps)

HARRIET'S YEARBOOK

COMMUNICATION

PURGATORY → THE HUNT

MERMAID I--5

THE MERMAID CHILDREN ← WOMEN

THE FRIEND

DOUBT:

I. DRAW

2. POINTING THE HORNS OF THE DILEMMA

3. CRITIC

2

WINTER AND LONDON:

I. CLOSED SKY

2. AT OFFADO'S ← 3. FLOUNDER 4.

4. ~~3~~. MASTODON

5. ~~4~~. FREUD

6 ~~5~~. HARRIET'S DONKEY

TRANSATLANTIC CALL

EXORCISM I--~~1~~ 2

PLOTTED

THE COUPLE

THE ARTIST'S MODEL I--3

MERMAID EMERGING

MARRIAGE ?:

I. ANGLING

2. TIRED IRON

3. LEAF-LACE

4. GRUFF

5. MARRIAGE?

BEFORE WOMAN?:

I. BEFORE THE DAWN OF WOMAN

2. DAWN

~~SICKDAY:~~ LEAVING AMERICA FOR ENGLAND

I. LEAVING AMERICA FOR ENGLAND?

2. LOST FISH

3. SICKDAY

FLIGHT TO NEW YORK:

I. FOX-FUR

2. THE MESSIAH

3. PLANE TICKET

4. Departure AT THE AIR TERMINAL

5. FLIGHT

6. NEW YORK AGAIN

7. NO MESSIAH

8. SLEEPLESS

9. CRISTMAS I970

IO. CHRISTMAS I970

3

~~THE~~ BURDEN:

1. KNOWING
2. QUESTION
3. OVERHANGING CLOUD
4. GOLD LULL
5. GREEN SORE
6. "I despair of letters..."
7. ~~6.~~ LATER WEEK AT MILGATE
8. ~~7.~~ NINE MONTHS
9. ~~8.~~ MORNING AWAY FROM YOU
10. ~~9.~~ ROBERT SHERIDAN

DOLPHIN

4

~~FIRST~~ FISHNET

Any clear thing that holds up the reader,—
the line must terminate, the bright trouvaille,
the glitter of the viking in the icecap.
The heights are hollow; robers pry the gold robbers
from the fine print and volume of the colossus,
his archetypal girth. Summer, summer,
poets die adolecents, their beat embalms them,
the survivor stops read French, his friends, the news, ing
and nevertheless can read himself aloud;
genius hums the auditorium dead...
My heart rises, I know I've gladdened a lifetime
knotting a fishnet of tarred rope,
the net will hang on the wall when the fish are eaten,
nailed like illegible bronze to the futureless future.

5

REDCLIFFE SQUARE

I. ~~The~~ Window

Tops of moving trees move helter skelter
to ruin, if news can hurt the classical
innthe limited window of the easel painter---
love escapes our hands. We pull the curtains:
a crescent of white-faced houses swerving, foaming,
the swagger of the world and chalk of London.
At each turn the houses wall the path of meeting,
and yet we meet, stand taking in the storm.
Even in less civilized centers,
~~a~~ storms will rarely enter a human house,
the crude and homeless wet is windowed out.
We stand and hear the pummelling unpurged,
almost uneducated by the world---
the tops of the moving trees move helter skelter.

2. America from Oxford, Spring 1970

The cattle have stopped on the Godstow Meadow,
the peacock wheels his tail to move the heat,
then pivots changing to a wicker chair,
tiara of thistle on his shitty bobtail.
The feather-touch of May in England, but the heat
is American summer. Two weeks use up two months;
at home the colleges are closed for summer,
the students march, the Brass lances Cambodia,—
he has lost his pen, his sword folds in his hand like felt.
Is truth here not there, if we ~~still~~ sleep, can
Bystander? The peacock spins, the Revolution
hasn't evolved to us...this heat that moves
air so estranged and hot we might be home...
We have walked above the wind to breathe.

6

(Redcliffe Square)

3. Oxford

ON   OUR
We frittered the long meadow till ~~are~~ shoes
were laminated with its yellow flower.
Nothing but dung of the marsh, the moan of cows,
the machismo of the peacock. Before we arrived,
rising stars illuminated Oxford---
the Aztecs knew the stars would fail to rise
without putrifaction of our flesh,
the victims' viscera inlaid on the fishpond,
and changed to yellow flowers, to meadows, stars,
the goldfinchnest, the phosphorous of the ocean
blowing ambergris and ambergris,
dolphin kissing dolphin with smirking smile,
not loving one object and thinking of another.
Our senes want to please us, if we please them.
S

4. The Serpent

In my dream, my belly was yellow, panels
of mellowing ivory, splendid and still young;
my tan and green backscales were cool to touch,
~~though~~ mellowing too near life-end like myself.   THE
For one who has always loved snakes, it is no loss
to change nature. My fall was elsewhere---
how often I made the woman bathe in her waters.
With daylight, I turn small, a small snake
on the river path, darting up the jags.
Like this, as often as the great clock clangs round,
I see me... the green hunter leaps from turn to turn,   I see me... the
a new brass bugle slung on his invisible baldric;
he is groping for trout in the private river,
wherever it opens, whe~~r~~ever it happens to open.
N

(Redcliffe Square) 7

5. Symptoms

A dog seems to lap water from the pipes,
glowing with dogsmell and companionship,
and life-enhancing water brims the tub
from the palms of my feet to my wet neck,
from the bag of waters to the lake of the grave.
I have no mother to take me in her arms.
I feel my old infection, it comes yearly:
lowered good humor, then an ominous
rise of irritable enthusiasm...
Three dolphins bear our little toilet-stand,
the grin of the eyes denies the scowl of the lips,
they are crazy with the thirst. I soak,
examining and then examining
what I really have against myself.

6. Diagnosis: a Letter to Caroline in Scotland

The frowning morning is glare-afternoon;
the gay world in purple and orange drag
are like a children's Bible, perishables:
oranges and red cabbage sold in carts.
The sun that lights their hearts lights mine?
I see the sun on my right hand, and see
the skin, when bent, is finely wrinkledb ~~wrinkled~~ batwing.
Since you went, the stainless steel has aged
and the young doctor writing my prescription:
The hospital. My twenty in twenty years...
Seatrout run past you in the Hebrides---
the gay are psychic, centuries from now,
not a day older, they'll flash their garish colors,
salmontrout amok in Redcliffe Square.

between 7 and 8

HOSPITAL

1. Shoes

Too many go express to the house of rest,
sighing, to-froing on the fringe of being,
one foot in life, and little right to that:
"I had to stop this business going on,
I couldn't attack my doctor anymore,
he had no thought of the voyage back to life..."
"Where I am not," they chime, "is where I am."
Dejection washes our pollution bare.
My shoes? Did they walk out on me last night,
streak into the glitter of the blear?
I see two dirt-white, riddled tennis-shoes,
empty and planted in my oneway road.
There is no doubt where they will go. They walk
the one life offered from the many chosen.

8

(HOSPITAL)

2. The Stairwell

Climbing from chair to chair to chair to chair,
I dare not look the stairwell in the eye;
the underpinning is carbon paper and corks,
each step up the stairwell athletess heart---
the stairwell, hollow, bore, unbearable,
the same six words repeated on a disk:
marching for peace with paranoia marching,
marching for peace with paranoia marching...
ever at my heels and stormily.
Darling, we have halved the ailing summer.
DID ~~Do~~ the beheaded wish ~~to break in two?~~ HIMSELF IN HALF.
~~They are~~ so airly cool and free and high, airily
~~Or do they ask for unity like us,~~
before we stitched to summer months in one?

He was
a foot pointed downward, the other
nowhere

(Hospital)

9

3. ~~3.~~ Juvenilia

Person, place and thing, once violated,
fall back on the rubbish that predated nature;
boys race untimed along the hooded highway,
and tiptoe through the treasures of smashed glass, its
spooky guaze-heads, and skeletons of form.
Meeting danger is like meeting a person unknown.
I hoped to find girls in the wide, white night;
~~I had no names or numbers---the town is weird,~~
~~No rocket went astray as far as man;~~
~~I am not in danger, if I dope and rest,~~
~~sorting out my galleys, a gaggle of tapeworms,~~
sleek, untearable, interminable,
paper that slices my fingers like a knife---
one time in fifty, God will make a date.

4. ~~4.~~ 4.Double-Vision

I knot a second necktie over the first;
no one is always waiting at the door,
or in a window...sometimes a Manx cat,
or maybe my Mother on the shell of my glasses.
When I turn I see my pajama top
loose-knotted on the long thin neck of a chair---
make yourself at home. The cat walks out---
or does it? The room is filled with double-shadows,
~~librium~~ sedation doubling everything I see...
You can't be here, and yet we try to talk;
~~an earlier love~~ somebody else is farcing in your face,
we ~~gabble~~ haggle at cross-purposes ~~half~~ an hour.
While we are talking, I am asking you,
"Where is Caroline?" And you are Caroline.

I had no name or numbers—London is weird,
a gray wolf howling to his bullhorn god.
No rocket goes as far astray as man...
I have stayed home sorting my galleys, a gaggle of
tapeworms,

10

THE FARTHER SHORE

I. From my Wife

"What a record year, even for us---
last March, we hoped you'd manage by yourself,
you were the true you; now finally
your clowning makes us want to vomit---you bore,
bore, bore the friends who w~~ant to kee~~p your image   WISHED TO SAVE
from y~~our~~ genteel, disgraceful hospital.   THIS
You tease the sick as if the~~ir~~ were your friends;
your suit lazied to grease. And that new woman---   IS
when I hear her name, I have to laugh.
You have left two houses, two thousand books,
a workbarn by the ocean, and a ~~woman~~ SLAVE
TO ~~who~~ kneels and waits ~~on~~ you hand and foot---   UPON (S 767)
tell us why in the name of Jesus. Why
are you clinging here so foolishly from us?"   there

2. Old ~~Family~~ Snapshot and Carpaccio

From the salt age, yes from the salt age,
courtesans, Christians fill the barnyard close;
that silly swelled tree is a spook with a skull for a cap.
Carpaccio's Venice ~~was~~ as wide as the world,   was
Jerome and his lion ~~scoot~~ to work unfeared...   LOPED
In Torcello, the lion snapped behind you,   Keeps his poodled
venti anni fa, still ~~poodles his~~ hair---
wherever ~~you~~ moved your snapshot, he has moved ~~on~~, I
twenty years. The saint and animal   FOR
swim Carpaccio's tealeaf color. Was he
the first in the trade of painting to tell tales?...   [3 dots after question mark]
You are making Boston in the early A.M.,
dropping Harriet at camp, old love,
eternity, u~~s, you~~, mothbitten time.
~~YOU AND US,~~
YOU AND US,

(The Farther Shore) 11

3. Notes for an unwritten Letter

IN THE AIR
Ice ~~of first autumn~~, enough to make me hold
SOCKS my f~~ee~~t for warmth. A purer cold in Maine---
all things are truer there, truth's foreign langauge. IS A
The terrible postcards you bought and stamped for me
a~~re mailed~~ to Harriet: the horseguards, the lifeguards,
the golden Lord Mayor's chariot, Queen Bess--- HAVE GONE
true as anything else to fling a child...
In Maine, my country ~~as I loved to boast~~, WHERE I ~~HOPED~~ WISHED TO DIE,
each empty sweater and ~~vacant~~ bookshelf hurts, ICE
~~the~~ pretex~~ts~~ for their service gone. ALL THE
I shout into the air, my voice comes back,
it doesn't carry to the farther shore,
rashly removed, still ringing in my ears.
Is a sound sleeper one ~~you~~ will not wake?
WHO

12

~~MARRIAGE~~? CAROLINE

I. Flashback to Washington Square 1966

Two babies in your stroller, perhaps three,
all four of you in matching polo coats;
they seemed to rush on one course, you another---
your brute joy in slanting them to the curb...
We were Sunday people gone before we met.
We meet too many people, wife and husband,
LOSS the ~~drain keeps on~~, the child is never weaned, ENDURES
parents never err in guessing wrong...
How mean the drink-money for the hour of joy,
its breathy charity and brag of body...
I hesitate to argue for love unloosed,
but surely it cuts the toll more than men count---
joy in the moment crowns credulity,
dying is becoming what we are.

2. ~~Frailty~~ FRAGILITY

One foot in August, one in last July,
the motionless months, the day THAT lasts a month.
We reach mid-journey, you lag by fifteen summers,
about as long as I ~~have~~ held ~~my~~ ON TO marriage.
The clock looks over my shoulder crazily.
The hospital retards the sun, and burns,
its cat nibbles little shoots foretelling rain,
melancholia sprinkles the blind root,
sultry August is a wandering eye.
Hope grows less malign or thinks it might---
~~only this one person, never the other.~~
~~The air is tinder. Gold grizzles your undyed hair,~~
frail ~~boy~~ BODY of an athlete, her big hand,
honor in your humor and fragility.

THE HOSPITAL IS TINDER, AND VERY NERVOUS.
YOU LEND ME YOUR SHADOW. GOLD GRIZZLES YOUR
UNDYED HAIR,

13

(Marriage?)

3. July-August

In hospital I read the news, ~~a~~ TO sleep:
the Fourth of July, Bastile Day, your Birthday;
the Revolution's on bank holiday.
August is summer lost in England.
Green nettles prick the oversoil with acid,
eat up the vestiges of ~~love's old path~~ — LAST YEAR'S FAITH,
one simultaneous sickness is enough.
From Brighten to St. Tropez, the heads lie prone,
the patients mends; the doctors die in peace,
plucking the transient artificial flower---.
~~voyagers who fail to save a single~~ ~~TOURIST WHO FAILED~~
~~saline~~ nude of lobster to prove their travels. SONSET
I have no friend to write to...I love you,
a shattered lens to burn the clinging smoke.
TOURISTS WHO FAILED TO SAVE A SINGLE SALINE

4. Morning Blue

The bathwater honks in, ten minutes, twenty,
twists of ice and burning jobless bubbles;
I am exposed, keep guessing if I can make
the chill of the morning and p~~ut on my clothes~~. AND ITS DRESSING
Beafy, flustered pigeons sound their quills
in the shadeless windows, daubs of daylight.
The pigeons will in time forget the window, S;
I cannot---man ~~is~~ in flight without a ledge.
Up the carpetted stairway, your shoes thump, AND ABSENT-MINDEDLY WITHDRAW,
thump nearer, a~~nd neglectively retreat~~, THEN
life withdrawn like a bad lead in poker.
Life is withdrawn, but after all it will be...
It's safer outside; in the open air,
the car flying forward to hit us, glides behind.

~~Out~~ 14

SUMMER BETWEEN TERMS

Plains, trains, traffic simmer through the garden,
the reviewer sent by God to humble me.
ransacking my bags of dust for his silver spoon,
There must be ways of making a living in England---
reading for trainfare, my host ruined on wine,
~~my ears flattened by clinging to the rope~~s,
~~a~~ vibrance in the sinew and fat of my legs.
I'd take a lower ro~~ad~~, eat my toad hourly; *pesic place*
even big frauds wince at fraudulence,
and squirm from small incisions in the self---
they live on timetable with no time to tell. *I've spent*
~~I se~~nd a morning writing back ten words,
as if listening to conscience were telling the truth.
I'm sorry, I run with the hares now, not the hounds.

to keep on typing just to go on living.

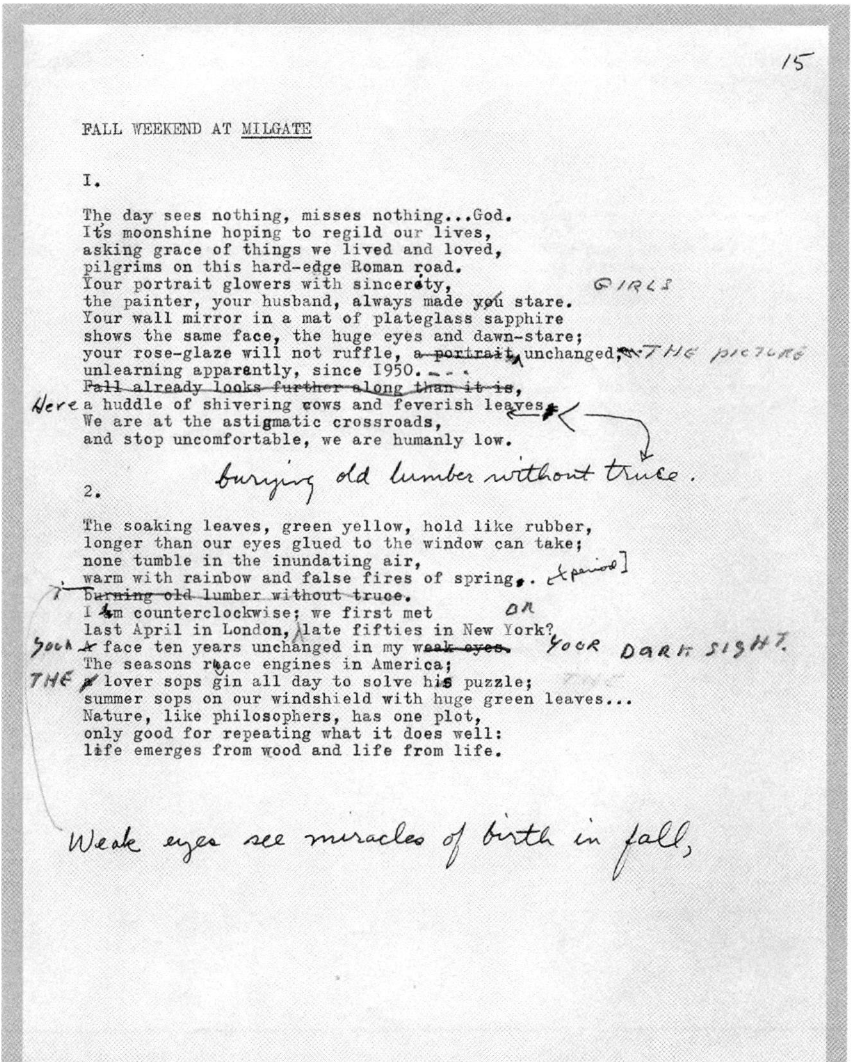

15

FALL WEEKEND AT MILGATE

I.

The day sees nothing, misses nothing...God.
It's moonshine hoping to regild our lives,
asking grace of things we lived and loved,
pilgrims on this hard-edge Roman road.
Your portrait glowers with sincerity,
the painter, your husband, always made you stare. GIRLS
Your wall mirror in a mat of plateglass sapphire
shows the same face, the huge eyes and dawn-stare;
your rose-glaze will not ruffle, ~~a portrait~~ unchanged, THE PICTURE
unlearning apparently, since 1950.
~~Fall already looks further along than it is~~,
Here a huddle of shivering cows and feverish leaves,
We are at the astigmatic crossroads,
and stop uncomfortable, we are humanly low.

burying old lumber without truce.

2.

The soaking leaves, green yellow, hold like rubber,
longer than our eyes glued to the window can take;
none tumble in the inundating air,
warm with rainbow and false fires of spring. [period]
~~Burning old lumber without truce.~~
I am counterclockwise; we first met
last April in London, OR late fifties in New York?
YOUR ~~A~~ face ten years unchanged in my ~~weak eyes.~~ YOUR DARK SIGHT.
The seasons race engines in America;
THE ~~A~~ lover sops gin all day to solve his puzzle;
summer sops on our windshield with huge green leaves...
Nature, like philosophers, has one plot,
only good for repeating what it does well:
life emerges from wood and life from life.

Weak eyes see miracles of birth in fall,

16

(Fall Weekend at Milgate)

3.

<u>Milgate</u> kept standing for four centuries,
good landlord alternating with derelict. FOR
Most fell between. We're landlords ~~of~~ the weekend,
and watch October go balmy. Midday heat
draws poison from the Jacobean brick,
and invites the wilderness to our doorstep:
moles, nettles, last Sunday news, last summer's toys,
bread, cheeses, jars of honey, a felled elm
stacked like construction in the kitchen garden.
The warm day brings out wasps to share our luck,
suckers for sweets, pilots of evolution;
dozens drop in the beercans, clamber, buzz,
debating like us whether to stay and drown,
or, by losing legs and wings, take flight.

17

"I was playing records"

"Dearest, I was playing records on Sunday,
arranging all my records, and I came
on some of your voice, and started to sugest
that Harriet listen: then immediately
we both shook our heads. It was like hearing
the voice of the beloved who had died.
All this was a new feeling...I got the letter
this morning, the letter you wrote me Saturday.
I thought my heart would break a thousand times,
but I would rather have read it a thousand times
than all the detached unreal ones you wrote before---
you doomed to know what I have known with you,
lying with someone fighting unreality---
love vanquished by his mysterious carelessness."

18

HARRIET'S YEARBOOK

"You must be strong through solitude," said Fate,
"For the present this though alone must be your shelter"
is in your yearbook by your photograph. ~~is pot~~ Thus
Your bearing is a woman's not full woman,
bent to a straw of grass just plucked and held
like an eyetest---mature in blacking out.
A girl can't go on laughing all the time.
The other campgirls sway to your brooding posture,
they too must scowl to see a blade of grass;
yet you are out of focus and blurred like me,
separation stoops and fogs the lens---
one more humiliation to blow away,
only husked out in monosyllable---
profundties too shallow to expose.

19

COMMUNICATION

"Your communications across the sea,
Dear, for once you were almost bouyant---
phone-conversations get so screwed...I wish
I had your lovely letter in my hand
delivered to me by the stately Alex
just the minute you hung up. I'm off to
to Dalton to pick up Harriet's grades and record---
IS it~~'s~~ frightening f~~or a child~~ to be a soul,
marked in the Book of Judgment once a month,
because you a~~re alive and~~ haven't lived. AND ARE ALIVE.
Things go on, Pained Heart, O~~ctober's~~ gone... A MONTH IS
She stayed up talking to us all last night,
giving three brainy women back their blast.
Age is nice...if that's your age...thirteen."

20

PURGATORY

In his portrait, mostly known from frontispiece,
Dante's too identifiable---
behind him, more or less his height, though less,
a tower tapering to a palmsbreadth point,
a snakewalk of receding galleries:
Purgatory and a slice of Europe,
less like the fact, more like a builder's model.
It leans and begs the builder for support,
insurance never offered this side of heaven.
The last ~~sixty~~ years stand up like that; FIFTY
people crowd the galleries to flee
the second death, they cry out manfully,
for many are women and children, but the maker
can't lift his painted hand to stop the crash.

The Hunt

For months the poison of love has kept me marching,
now I am healthy, and I cannot stand;
women see through me like a head of cheese—
see enamelled on ~~the~~ gold goiter band MY
men from the costume shop of Botticelli,
men in ultra-violet tights and doublets,
coiffures of Absolom; they probe my thicket
with pikes and swingnets, and I try to breathe,
I try to keep up breathing ~~while~~ I hide. WHEN
These are not Tuscan or Roman mercenaries;
this is England, main artery of fighting—mercy was murder
at Towton when King Edward's heralds counted
twenty thousand Lancastrian dead in the field,
doubling the number as they made the count.

separate poem

21

MERMAID

I.

I have learned what I wanted from the mermaid
and her singeing conjunction of tail and grace.
Deficiency served her. What else could she do?
Failure keeps snapping up transcendence,
bubble and bullfrog boating on the surface,
belly lustily lagging three inches lowered.
None swims with her and breathes the air.
A mermaid flattens soles and picks a trout,
knife and fork in chainsong at the spine,
~~and leaves a cone of skin and mist behind.~~
A mermaid pastures on the dews of heaven;
she has killed more bottles than the ocean,
and serves her winded lovers' bones in brine,
nibbled at recess in the marathon.

2.

Baudelaire feared women, and wrote, "Last night, I slept
with a hideous negress." Woe to Black Power,
woe to the French Academy and scribe.
Why do we blush the moon with what we say?
Alice-in-Wonderland straight gold hair,
fair-featured, curve and bone, from crown to socks,
bulge eyes bigger than your man's closed fist,
slick with humiliation when dismissed---
you are packaged to the grave with me,
where nothing's opened by the addressee...
almost a year and almost my third wife,
by accepting, by inviting, by surmounting,
rushing the music when the juice goes dead,—
~~I~~ feel ing tomorrow like I feel today.

weeps white rum undectectable from tears.

22

(Mermaid)

3.

I see you as a baby killer whale,
free to walk the seven seas for game,
warm-hearted with an outercoat of ice,,
a nerve-wrung back, all muscle, youth, intention,
and skill expended on a lunge or puncture---
hoisted now from conquests and salt sea
to flipper-flapper in a public tank,
big deal for weekend children and blind love...
On the Via Veneto, a girl
sat counting windows in a glass cafe,
now frowning at her menu, now counting out
neanderthals flashed like shorebait on the walk...
Your stamina as <u>inside-right</u>, at school
spilled the topheavy boys, and keeps you pure.

4.

Our meetings are no longer like a screening;
I see the nose on my face is just a nose,
your <u>belli occhi grandi</u> are just eyes
in the photo of you arranged as figurehead
or mermaid on the prow of a Roman dory,
bright as the morning star or a blond starlet.
Our twin black and tin Ronson butane lighters
knock on the sheet, are what they are,
too many, and burned too many cigarettes...
Night darkens without your necessary call,
it's time to take your picture from the ~~shelf~~ wall;
your moon-eyes water and your nervous throat
gruffs my directive, "<u>You must go now go</u>."
Contralto mermaid, ~~and~~ and stone-deaf at will.

23

(Mermaid)

5.

I've wondered who would see and date you next,
and grapple in the aspic of your flesh.
Will money drown you? ~~Yet~~ Poverty debases
women as much as wealth, though not for vogue.
You use no scent, and dab your eyes with shoeblack,
will[ing] to face the world without a face. WILLING
I've searched the rough black ocean for you,
and saw the turbulence drop dead for you,
always lovely, even for those who had you,
Rough Slitherer in ~~the~~ grotto of haphazard. YOUR
I lack manhood to finish the fishing trip.
Glad to escape beguilement and the storm,
I thank the ocean that hides the fearful mermaid---
like God, I almost doubt if you exist.

24

THE MERMAID CHILDREN

My

In dream, I drove to Folkestone for our children,
miles of ashland safe for their small feet;
most coasts are sand, but this had drier prospect,
the out-tide had drained the sea to dust and dune
blowing to Norway like brown paper bags.
Goodbye, my Ocean, you were never my white wine.
Only parents with children were let in;
we had ours, and it was brutal lugging,
stopping, begging them to walk for themselves. DOWN
They rode our shoulders, we sank ~~in~~ to our knees;
later we felt no burden, ~~had~~ no footprints... LEFT
Where ~~are~~ they left behind, so small and black, WERE
their transister, mermaid fins and tails,
our distant children charcoaled on the sky?

25

WOMEN

1

Why are they a fraction more than us?
Lie with a woman and wake with Liberation,
lash of bondage and the pangs of labor.
Their witness bulges to my dubious shade: bugles
Woman victorious, animosity dead.
Steendhal knew women deserved an education:
"No civilization rests on its best men,
its highest level, the mothers of its children."
A vacation from shepherding the lost children---
what worm will turns on the victor and stings her heel?
If a mother no longer cares for her children,
civilization sinks to its institutions,
it says, "Your fucking little psychopaths,
I didn't come for them, they came for me."

this line inserted before "Stendahl" line

2

OUT

Father directed choir. When it paused on Sundays,
he liked to loiter the morning with the girls;
then back to cottage, dinner cold on the table,
Mother locked in bed and eating tabloid.
You should see him, white fringe about his ears,
bald skull, less bias than a billiard ball---
he never left a party. Once when Mother left first,
I threw myself from the car and broke my leg...
I missed him, I missed Mother's cold silence more---
years later, he said, "How jolly of you to jump."
When I am unhappy, I try to stretch the hour
and hour or half-hour sooner than it is;
orphaned, I wake at four and pray for night---
lovely ladies have helped me through the day.

26

THE FRIEND

Your long arms antlered on the Goth-rude fireplace,
a frame ample and worthy of your wingspread...
whatever we say is for our hearts alone---
first confidence of our two souls at school,
seasoned with the mercy of retrospect.
Some c~~alls never have a~~ way with words, MEANING NEVER FINDS ITS
truths one c~~ould~~ tell one's-self on the toilet, COULDN'T
self-knowledge swimming to the hook, and turning---
in Latin we learned no subject is an object.
"I have to marry, I'm not up to two."
"All this makes me think of one thing, you,
at your age...think of it, it's the one big item
on your agenda---Do you really want
to live in the same room ~~as~~ anyone?"
WITH

27

DOUBT

I. Draw

The cardtable is black, the cards are played face down,
~~the backs of the cards are black; and yet~~ by luck
I draw one card I wished to leave unchosen,
and lead the one card I had ~~promised~~ to hold. SWORN
Dreams lose color faster than fair flowers,
~~by~~ I remember the number on my card, 807
a figure no philosopher takes to bed,,,
Should revelations be held like private letters,
till all the beneficiaries are dead,
and proper names become improper lives?
Focus about me and a blur inside,
on walks the things nearest me go slow motion,
obscene streetlife rushes on the wheelrim,
steel shavings from the vacillating will.

a blank field of black cards; and yet by luck

2. Pointing the Horn of the Dilemma

From the dismay of old marriage to the blanks
in another---water-torture of vacillation!
The true snakepit isn't monodrama Medea,
the gorgon arousing the serpents in her hair;
it is a room to walk, take notes, cross out
the notes, and gaze and walk and court diversion.
She loved me too much to have my welfare at heart:
"We ~~They~~ just aren't up to your coming home
three weeks, then leaving for three months. We ~~They~~ just aren't.
We ~~They~~ can't take much more of anything,
we ~~they~~ are so tired and hurt and worn. We ~~They~~ go on,
~~know~~ your real sickness is a ~~willful~~ KNOWING vacant
deafness to little children... I suspect ~~and~~ I
it's impossible for anyone to help you."

↑ no italics

28

(Doubt)

3. Critic

My wickedness is not an honorable subject
for conversation---the flicker of the fading thing.
~~By what fireside shall I stretch my snakeskin~~
~~soiled by sliding and insinuation?~~
I am doubtful...uncertain my big steps.
I fear I leave a hole for the sharp knife
cutting ~~my brown~~ rose from the ~~its~~ still green thorns. THE BROWN
My critic must keep ~~a sharper~~ tongue for praise. HER SHARPEST
Only blood-donors retain a gift for words.
Blood brings sensation to everything that lives,
even to limbo where tried spirits sigh,
doing nothing the day because they think
imagination matures from doing nothing,
hoping for choice, the child of vacillation.

Do you know how you have changed from the true you?
I would change my trueself if I could:

~~LONDON AND~~ WINTER AND LONDON

I. Closed Sky

A hundred mornings meet the same closed sky,
one of nature's shows, one mantle wrapping
the dust of London with the dust of Europe---
in the interiors it is always night.
The clouds are welcome as a weather-break,
a silencer to the ultimate blue sky,
a~~nd~~ naked heaven's monologue with man.
In A~~merica, a wet~~ Englishm~~a~~nE MY COUNTRY, THE WETTEST
sparkle~~s~~ with approbation, magnifying
curious small things we could never bear---
under closed sky, such things are luminous;
gossip makes New York and London one,
one tongue...both use identical instruments
for putting up a house and pulling down.

OUT ~~II.~~ Nineteenth Century Dutch Houses

One didn't like their houses when they stood;
soon the too solid oak was drawn and quartered,
knick-knacks dropped like spiders from the whatnot,
grandfather, grandmother and maiden aunt ~~dis~~placed RE
by bobbed couples of the swimming 'twenties,
to shallow to pull down the homes they left.
They cannot ~~catch~~ us in the art of gutting. MATCH
Angular houses trembl~~e~~ up six stories ING
to dissimilar Dutch and pie-slice-peaks,
held b~~y~~ the destroyer's scaffolding,
high jungle-gyms of ~~predeluvian~~ pipe~~s~~.— ABORIGINAL
Last century Gothic brick has a sour redness
that time. I fear, does nothing to appease,
condemned by age, rebuilt by desolation.

(~~London and~~ Winter and ~~to~~ London) 30

2. ~~3~~. At Offado's

1

The Latin Quarter abuts on Begravia,
three floors low as one, blocks built of blocks,
insular eighteenth century laying down
the functional with a razor in its hand,
structures too practical for conservation.
An alien should count his change here, bring a friend.
Usually on weekend nights I eat alone;
you've taken the train for Milgate with the children.
At Offado's, the staff is half the guests,
the guitar and singers wait on table,
the artists sing things unconsolable:
"Girls of Majorca. Where is my Sombero?
Leave me alone and let me talk and love me---
a cod in garlic, a carafe of cruel rosé. " [end quote]

3. ~~4~~. Flounder

Just yesterday we passed from the northern lights
to doomsday mornings. Crowds herd to work at eight, CRUSH
~~lamp-white like couples leaving a midnight show.~~
~~The Thames is looped~~ at dawn with Christmas bulbs;
by nine A.M. the sky is acid. God sees. THE THAMES IS STILL BRIGHT
Wash me as white as the soles we ate last night,
acre of whiteness, back of Dover sand,
cooked and skinned and white---the heart appeased.
Soles live in depth, see not, spend not...eat;
their ~~soles~~ souls are camouflaged to ~~lie~~ die in dishes,
flat on their backs, the posture of forgiveness---
~~elderberry, bloodshot, worldly eyes,~~
unable ever to turn the other cheek---
at sea, they bite like fleas whatever we toss.

DOUBLE EYED BUBBLING BLOODSHOT
WORLDLINESS,

AND WALK WITH LESS COHESION THAN
THE MIST;

~~MORE LONDON WINTER~~ (Winter and London) ~~(London and Winter)~~ 31

3. Wolverine

What ~~were~~ was the lesson~~s~~ of the wolverine,
the Canada of Earnest Seton Thompson,
first snow in the schoolbook, first Cartesian blank?
At the edge of the rumpled sky, a too-red glow,
an upright iron rail, derrick or steeple,
trappers freighting on snowshoes through the snow,
track of the wolfpack whellsaw to the church---
no need for preachers to tell me wolves eat meat,
improve the terror of the first trapped wolf...
A wolverine, no critic of fromtier justice,
learning the jaws meant him, was greatly tested,
and hesitated to chew off his foot---
the leisure given to gather fear and spirit,
our first undated leap in evolution.

out

4. ~~2.~~ Mastodon

stay

They splashed red on the Jews about to be killed,
then ploughed them back and forth in captured tanks;
the wood was stacked, the chainsaw went on buzzing.
In the best of worlds, the jailors follow the jailed.
In some final bog, the mastodon,
curled tusks raised like trumpets to the sky,
sunk to their hips and armpits in red mud,
splashed red for irreversible liquidation---
the heavens were ~~very~~ short of hearing then.
The price of freedom is choking down the facts:
gnashed tusk, bulk-bruised bulk and a red splash.
Good narrative is cutting out description;
nature sacrifices heightening
for the inevitable closing line.

(~~More London~~ Winter~~s~~ and London) 32

5.4 3. Freud

Is it honorable for a Jew to die as a Jew?
Even the German officials encouraged Freud
to go to Paris where at least he was known;
but what does it matter to have a following,
if no one, not even the concierge, says good day?
~~He chose the angular cheerfulness of London,~~
~~a house to finish his Moses was and Egyptian;~~
He loathed neurotics for the harm they do.
What do we care for the great man of culture---
Freud's relations were liquidated at Belsen,
Moses Cohn who had nothing to offer culture
was liquidated at Belsen. Should we die,
living in places we ~~learn~~ HAVE LEARNED to live in,
completing the only work we're trained to do?

6.5 4. Harriet's Doodle

On this blank page no worse, not yet defiled
by inspiration running black in type,
I see her sepia donkey laugh at me,
Harriet's doodle, me in effigy,
my passport photo to America
that lifts the soul and irritates the eye---
M. de Maupassant va s'animaliser.
Somberer exiles brought their causes here,
and children crying up and down the stairs;
Freud found his statue, older Jewish prophets
bit in until their teeth had turned to chalk,
found names in London and their last persona,
a body cast up lifeless on this shore...
Family, my family, why are we so far?

At home in England's rude formality,
he proved that Moses must have been Egyptian;

33

TRANSATLANTIC CALL

"We can't swing New York on less than thirty thousand,,
the bright lights dragging like a ball and chain,
the Liberal ruined by the Liberal school.
This is the price of your manic flight to London---
that closed provincial metropolis was never
an asylum for the mercurial American mind...
They say fear of death is a child's remembrance
of the first desertion. Our daughter knows no love
that doesn't bind her with presents, letters, visits,
things outward and visible. I've closed my mind
so long, I want to keep it closed, perhaps---
I had too much faith in my power to will elevation;
if our house goes, a species is extinct....
She tells me to stop, we mustn't lose your money."

34
+
35

EXORCISM

1.

As we love we are. Autumn hardens
the hoarfrost of the morning, I grow less;
slowly the bridal fury shows her tooth,
parading in invisible link mail---
the slur from greenness to sterility,
fall in New England textile gray.
You point your finger: What you love you are.
I know what it is for a woman to be left,
To wait in the anteroom of apprehension,
waiting for the braggart bridegroom, Winter.
The witch is purring for the exorcist,
two ~~their~~ souls cocooned in mystery from the mob.
Your woman dances for you child in arms,
she is dancing for you, Baby-Skull-Smile.

2.

Today, as if I were home in Boston, snow,
the pure witchery-bitchery of my first home;
my window whitens like a movie screen,
specked, aglow, excluding rival prospect---
I can throw what I want on this blank screen,
only the show I choose to show will show:
Melodrama with her stiletto heels
stamping bullit~~-holes~~ in the parquet. WOUNDS THE
The ~~My lines are exotic~~, but ~~my~~ plot familiar: THE LINES ARE SPELL-BOUND, THE
one man, two women, the common novel plot...
You ~~I~~ can't carry ~~my~~ talent like a suitcase,
or ever lose it---what I love, I am.
Don't you dare mail us the love your life denies;
do you really know what you have done?

The lines are spell-found, but the plot familiar:

36

PLOTTED

Planes arc like arrows through a higher sky,
ducks court in V's across the puckered pond;
Providence turns animals to things.
I roam from bookstore to bookstore browsing books,
I too maneuvered on a guiding string
as I execute ~~my~~ a written plot.
I feel how Hamlet, stuck with the Revenge Play
his father wrote him, went scatological
under this beclotted London sky.
Catlike on a paper parapet,
he declaimed the words his prompter fed him,
knowing convention called him forth to murder,
loss of free will and licence of the stage.
Death's not an event in life, it's not lived through.

37

THE COUPLE

"Twice in the past two weeks I think I met
with Lizzie in the recurrent dream.
We were out walking. You ask, "What sort of street,
London or shining?" "It was our own street."
"Whatdid you do and hear?" "We heard ourselves;
the sidewalk was two feet wide. We, arm in arm,
squelching the five-point oakleaves under heel---
happily, they b~~roke~~ ~~before we slipped~~.   they melt before we slip.
Our manner had some intimacy in ~~our~~ dream." MY
"What were you having out with such fair play?"
"Our conversation held to a single plot,
two women married to a ~~common task~~; SINGLE MAN;
quotation dramatized the dialogue---
we were talking like sisters...you did not exist."

38

ARTIST'S MODEL

I.

Hölderlin's thing with autumn and swan-scene
behind was something beautiful, wasn't it?
Manet's bottles mirrored behind his bar-girl ~~########~~
are brighter than the stuff she used to serve---
the canvas should support the artist's model.
Our. ~~My~~ children's children will have to ~~make~~ their own; FIND
we squeezed the juice, their job to eat the skin,
we put God on his knees, and now he's praying....
When I sit in my bath, I wonder why
I haven't melted like a cube of sugar---
fiction should serve us with a slice of life;
but you and I actually lived what I have written,
the drunk-luck venture of our lives sufficed
to keep our profession solvent, was peanuts to live.

2.

"If it were done, twere well it were done quickly---
to quote a bromide, your vacillation
is acne." We totter off the painter's platform, ~~Fogged~~
~~the naked departure of the artist's model~~
~~is cloaked by her~~ Anglo-Irish elevation, ~~inner~~ by her.
White rum is undetectable from tears. is
We're done, my clothes fly into your borrowed suitcase,.
the good months are flown, and this too goes Day is it
in my ragbag of private whim and illusion
dubiously flung (together) on
~~my single (self-dramatizing) character.~~
Like a cat painfully backing down a tree,
unalterably divorced from choice by choice,
I ~~me~~ come on walking off-stage backwards.

knowing how tomorrow's migraine will tell how drink
heightened the brutal flow of elocution...
~~White rum is undetectable from tears~~..
We're done, my clothes fly into your borrowed suitcase,

[over]

the good day is flown, and it too goes
in a ragbag of private whim and illusion
dubiously borne by my single character.
~~Now no one backs down or loses an argument.~~
It would be redemptive not to have lived;
now no one backs down or loses an argument.

[then back to end of poem]

(Artist's Model) 39

3.

"My mother really learned to loathe babies,
she loved to lick the palate of her Peke,
as if her tongue were trying a liqueur...
What I ~~am saying~~ say should go into your <u>Notebook:</u>
I'd rather ha~~ve~~ my children on morphine than religion.
When you are dying, and your faith is sick,
and you go on flapping in your ~~bed~~ sheets
like a cockroach fallen in a fishbowl;
you will look for ~~[illegible]~~ love you fumble, o and see THE
only religion ~~caught~~ naked in the searchlights--- caught
Christians scream worse than atheists when they die.
What's so infamous about the death-ward
is they shove your bed nearer the door to move the corpse;
you know damn well it isn't for fresh air."

40

MERMAID EMERGING

The institutions of society
seldom look at a particular---
Degas's snubnosed dancer swings on high,
kicking the toplights, never leaving stage,
knowing lovers of art, discerning none.
Law fit for all fits no one like a glove...
Mermaid, why are you another species?
"Because, you, I, everyone is unique."
Does anyone ever make you do anything?
"Do this, do that, do nothing; you're not chained.
I am a woman and I am a dolphin,
the only animal man really loves, * S
~~Mermaid or dolphin, you are fisherman's luck,~~
~~Rough weather~~ fist ~~that~~ you cuts our nets and chains.
I SPOUT THE SMARTING WATERS OF JOY IN YOUR FACE."

41

(Marriage?)

1. ~~5~~. Angling

THOUGH

Withdrawn to a third your size, ~~and~~ frowning questions,
you sit silent through the afterdinner, THE
when ~~when~~ takes liberty and loosens tongues--- WINE
fair-faced, ball-eyed, profile of a child,
except your eyelashes are always blacked,
each hair colored and quickened like tying a fly.
If words amuse you, the room includes your voice,
you are audible; none can catch you out,
your flights are covered by a laughing croak,—
a ~~your~~ flowered dress ~~sinks~~ in a flowered wall. LOST
I am waiting like an angler with practice and courage;
the time to ~~sat~~ is now, and the mouth open, CAST
the huge smile, head and shoulders of the dolphin---
I am swallowed up alive...I am.

2. ~~6~~. Tired Iron

Mulch of tired iron, stitch of the straffing planes---
surely the great war of our youth was hollow;
still ~~once a~~ cleanness, now the smelly iron, IT HAD
the war on leaves, and the noyades of rice.
We promised to put back Liberty on her feet...
I can't go on with this, the measure is gone:
a waterfall, the water white on green,
like the white letters on my olive keyboard---
to stray with you and have you with me straying,
flesh of my body, one in our severalness.
Unwilling to marry, ~~man~~ disloyal to woman , JUST AND
in your air willingness to submit,
preferring to have your body broken to being
unbreakable in this breaking life.

42

(Marriage?)

3, 1. Leaf-Lace Dress

Leaf-lace, a simple intricate design---
if you were not inside it, nothing much;
it falls like bits of melting ~~iron~~ o~~r tin,~~ tin ON IRON,
you fall perhaps metallic and as good.
Hard to work out the fact that makes you good,
whole spirit wrought from toys and nondescript,
though nothing less than the best woman in the world.
Cold the green shadows, iron the seldom sun,
hag su~~mmer~~ has worn her ~~swollen~~ shirt to dirt. HARVEST swelling
Agony says we cannot live in one house,
or under my common name. This was the sentence---
I have lost everything . I feel a strength,
I have walked five miles, still desire to throw AND
my feet off, be asleep and young...asleep.

4. 2. Gruff

The sky should be clearing, but it cannot lighten,
the unstable muck flies through the garden trees,
there's morning in my heart but not in things.
We ~~we~~re almost joined as our parents ~~were~~--- IN MARRIAGE
short of disaster! ~~This~~ means giving the wheel LOVE
a shake that scatters spurs of displaced bone.
in the heel of my hand; ~~this~~ means to turn IT
on my star hard, on my external star.
We might have married as Christ says man must not
in heaven where marriage is not, and giving
in marriage has the curse of God and Blake.
You ~~must not~~ sell ~~this~~ our flight to men in bondage.
~~what's left if marriage is outlawed? "It could be heaven,~~
~~if such a thing is," you gruff into the phone.~~

CANNOT WITH

When marriage is surmounted, what is left?
"Heaven, if such things are," you gruff into the phone.

43

(Marriage?)

5.3. Marriage?

"I think of you every minute of the day,
I love you every minute of the day;
you gone is hollow, bored, unbearable.
I feel under some emotional anaesthetic,
unable to plan or think or write or feel;
maisacarira, these things will go, I feel
in an odd way against appearances,
things will come out right with us, perhaps.
As you say, we got across the Godstow Marsh,
~~made~~ Yorkshire and ~~its~~ THE one-lane Roman roads,
scaled Hadrian's Wall, and scared the stinking Pict.
Marriage? But that's another story. We saw
the diamond glare of morning on the tar.
For a minute had the road as if we owned it."

REACHED

44

~~LOST FISH~~ ~~SICKDAY~~ LEAVING AMERICA FOR ENGLAND

I. Leaving America for England?

MY
~~A~~ lifelong taste for fishing the same waters---
a day is day there, America all landscape,
AN ocean monolithic past weathering;
~~our sand is granite,~~ nature tends to gulp.... OUR ~~the~~ coast drinks the ocean, TO
I held ~~back~~ youth by rowing half a summer,
but aging becomes a habit: puzzles repeated
and remembered, games repeated and remembered,
the runner trimming on his mud-smooth path,
the gamefish fattened in its narrow channel.
~~A~~ survivor learns to fall feet-first at birth. MOST
Help me from seeing through anyone I love,
the entertainment of uncertainty. ← through the entertainment of uncertainty.
Overtrained for England, ~~I~~ find America,
under unmoved heaven, changing sky.
THROUGH
no comma

2. Lost Fish

~~Beginning~~ as a boy, I fished off-shore---
once squinting in the sugared eelgrass for game,
I saw the glass torpedo of a big fish,
power strayed from unilluminating depth,
ING roam down the shallows worn to bone.
I was seven, and fished without a hook---
luckily, Mother was still omnipotent....
A battered sky, a more denuded lake,
my heavy rapier trolling rod bent L,
drowned stumps, muskrat hut; my record fish,
its endless waddling outpull like a turtle;
then my line snaps, or the knot pulls; we are loose,
~~remarried to our native elements.~~
The mud we stirred sinks in the lap of plenty.

A HEAVY STEP IS WEIGHT IN THE SHALLOWS—

I REACH THE END OF MARRIAGE ON MY KNEES.

(~~Sickday~~) (Leaving America for England) 45

3. Sickday

The four P.M. orange and black sky,
the sun struggling to renounce ascendency---
two elephants are hauling at my head.
> ~~I face my false condition and true life~~. CONFESSION
On this sickday, I learn the beautiful:
a castle, ducks, old polished heirloom servants,
saloons for monologue and Irish poets,
Alka Seltzer on each bedside table,
fish for the table bunching in the fishpond.
None of us can or wants to tell the truth,
or underplay the fish we lost, while floating
the lonely river to senility.
It's an open ending. Sometimes in sickness,
love is simple enough to enter heaven.

> If by illness I might find perspective....

46

BEFORE WOMAN ?

I. Before the Dawn of Woman

"Gazing close-up at your underjaw,
a blazon of barbaric decoration,
a sprinkle of black rubies, clots from shaving,
panting in measure to your wearied breath,
I see the world before the dawn of woman,
the jungle of diehard males, their scab of rapine,
rhinocerus on Eden's rhinocerus rock...
Youhold me in the hollow of your hand---
a man is free to play, and then he slackens;
~~he is~~ shiftybpast the reach of ridicule.
A woman loving is serious and disarmed,
she is less distracted than a pastured mare,
munching as if life depended on munching...
like the animals, I am humorless."

2. Dawn

Even a parrot-man can write good books,
live out his second-rate, most writers do;
our ancestors declared all men are evil,
but no one who can live is wholly damned.
Living with you is living a long book,
War and Peace, from day to day to day,
unable to look off or hear my name.
My springless step still stalks ~~the~~ youngman's wildweed,
the God-borne instant never letting up,
the goldfinch-nest defying an euphemism.
Where will you take me in the fizz of winter?
Darling, the cork, though fat and black, still pulls,
and new wine floods our prehistoric veins---
the day breaks, impossible, in our bed.

47

FLIGHT TO NEW YORK

I. Fox-Fur

"I have recruited the services of good
old Farrar, Straus and Giroux, and even if
the taxi strike is off, their limousine is ours.
I met Ivan in a marvelous fox-fur coat,
his luxurious squalor...and gave you one...your grizzled
knob rising in the grizzled fox-fur collar;
But I fear rejection and will stall...
You're not under inspection, just missed;
and you'll be pleased with Harriet:
in the last two months, she's stopped being a child,
she's a friend to Mom now, not an enemy,
except for my yelling, Dammit, brush your teeth.
She says ~~that~~ God is only ~~a~~ great man, another
a ape with grizzled sideburns in a cage."

2. The Messiah

"I love you so, Darling, there's black void,
as black as night without you. I long to see
your face and hear your voice and take your hand,
laugh with you, gossip and catch up...or down.
Will you go with me to The Messiah,
on December I7th, a Thursday,
and d~~rink~~ at the Russian Tearoom afterward? eat
I am going out for the tickets this morning,
your dear, longed-for presence going with me.
I wait for your letters, tremble when I get none,
more when I do. Nothing new to say;
I've not been feeling too well; it will have passed
by the time this letter arrives---just cold and nausea;
when I mail this and get The Messiah tickets, I'll rest."

48

FLIGHT TO NEW YORK

1. Plane-Ticket

A virus and its hash of knobby aches---
more than ever flying seems to lofty,
the weather unlucky for visiting New York,
for telephoning kisses transatlantic...
The London damp comes in, its smell so keen
trees grow in my room. I'm reading Ford's Some Do Not,
in the damp thirty-five years ago in Nashville,
same book. What changes only changes a fraction---
twenty-five years of marriage, a book of life,
two endings. I have bought my round-trip ticket...
After fifty so much joy has come,
I can hardly clothe the seams of my body---
the shellac and crassness of a new suit, a feeling,
not wholly happy, of having been reborn.

2. At the Air-Terminal

London a Chinese gray or oyster gray,
every apalling shade of pitch-pitch gray---
no need to cook up far-fetched imagery
to establish a climate for our mood---
anything's real until it's published.
"If I have had hysterical drunken seizures,
it's from loving you too much. It makes me wild,
I fear. I'll make the dining-room a bedroom.
I feel unsafe, uncertain you'll come back.
I know I am happier with you than before;
my pains were always girdled about with joy."
My signal flashes. My plane is at the door.
Our gold rings touch. Surely, it was great joy
blaming ourselves and wanting to do wrong.

(Flight to New York)

5. Flight

I am better company if depressed...
I bear my body, almost my best friend, BRING
my amanuensis at home ~~for weeks~~ ACE DOG
typing out worksheets for the gulping guest.
If I cannot love myself, can you?
~~I live~~ a generation later, ~~I might~~ ~~I manage~~ BORN
have learned to cook and feed the baby--- ~~I could~~
no plum. I am your friend from out of town,
in flight to New York....I see the rising prospect,
the scaffold glitters, the concrete walls are white,
flying like Feininger's skyscraper yachts,
geometrical romance in the river mouth,
conical foolscap dancing in the sky...
the runway growing wintry and distinct.

I COULD [end of line] ~~I manage~~, Born a generation later, I could [beginning of line]

6. New York Again

After London, the wind, the eye, my thoughts
race through New York with gaping coarse-comb teeth,
the simple-minded streets are all one-way,
no queues for busses and every angle right,
a huddled London with twenty times the soaring;
it is fish-shaped, it is modern, it is metal,
austerity assauged with melodrama,
an irritable reaching after fact and reason,
a love of features fame has put on sale--- ~~UP FOR~~
love is all here, and the house desolate.
What shall I do with my stormy life blown towards evening?
No fervor helps without the favor of heaven,
no permissive law of nature pays the bill---
survival is talking on the phone.

50

(Flight to New York)

~~2.~~ ~~1~~ 7. No Messiah

Sometime I must try to write the truth,
but almost everything has fallen awry
in the eight months since we said goodbye in Rome.
f Even ~~in~~ the licence of my mind, ROBBED
~~I find~~ no empty room for ~~our~~ two lives. MY AND HIS
Some things like death are meant to have no outcome.
I come like someone naked in my raincoat,
but only a girl is naked in a raincoat.
~~Still~~ Planesick on New York food, I feel the old subway
reverberating in our apartment floor,
I stop in our Christmas-streamered bedroom, hearing
my Nolo, the non-Messianic man---
drop, drop in silence, then a louder drop
echoed elsewhere by a louder drop.

~~1,~~ ~~2~~ 8. Sleepless

Home for the night on my last ten years' workbed,
where I asked the facing brick for words, and woke,
a haggard mask of imbecility,
hearing then as now the distant, panting siren,
small as a harbor boat patrolling the Hudson,
persistent cry without diminishment
or crescendo through the sleepless hours.
I hear its bland monotony, the voice
that holds? and never fumbles the transcendence
I fiddled for imperiously and too long.
All my friends are writers. Do we deserve
to sleep, because we gave our selves the breaks,
self-seeking with ~~a~~ persistent tenderness
rivals seldom lavish on a brother?

51

(Flight to New York)

9. Christmas 1970

All too often lately your voice is bright,
the voice of conscience verbal...I always hear you
waking me to myself: half-truth, untruth,
whole truth---one is true as another:"I cannot tell you
the things we planned for you this Christmas season.
I've written my family not to phone today;
we had to put away your photographs--- WE...WE?
we have no choice." It's true; We....We? Things pass.
Our Christmas tree has fallen out with nature, SEEMS
shedding to a naked cone of triggered wiring.
At best the time is not unhappy, green sap WORST
still floods the arid rind, the thick boughs catch
the drafts, as if alive---I too, because
I wavered, am counted with the living.

10. 8. Christmas 1970

The tedium and deja-vu of home
make me love it; bluer days will come
and acclimatize the Christmas gifts:
redwood bear, rubber-egg shampoo, home-movie-
projector, a thick book, sunrise-red from Lizzie, HEAVY
with, "Why don't you try to lose yourself
and write a play about the fall of Japan?"
Birdlike spirits, slight burdens, no grave duty
to seem universally sociable
and polite...We are at home and warm,
as if we had escaped the gaping jaws---
underneath us like a submarine,
nuclear and protective like a mother,
swims the true shark, the shadow of departure.

52

BURDEN

I. Knowing

This night, tonight, I will not play or sleep,
I think of Grandfather and his poor last nights
bringing his tortures of the damned to breakfast.
Caroline, he knew such naked hours,
outliving his son, place, and fortune...their survivor
with nothing to will. Have we got a child?..
Our bastard, easily fathered, hard to name?
Illegible, bracketted with us? My hands
sleep on the bosom of your sleeping hand,
firm in the power of your impatial heat.
I'm not mad and hold to you with reason;
you carry our burden to the narrow strait,
this sleepless night that will not move, yet moves
unless by sleeping we think back yesterday.

2. Three

All is not dead, but everything feels dying;
Péguy thought God the Father was a Frenchman;
God couldn't father children without our lapse---
ours is a river, one without a surname,
promise unconvertible to water,
formless, a rush of black and scarlet brush-sweep...
Look deep as we will, we cannot see our likeness.
Too much transcendence fades to symbol;
our child is someone, the someone we will meet.
God help us three, and give us that day...
Nothing in us reflowers, except our childhood,
death is less of a leap than getting born.
Every writer, every journeyman,
past the halfway, is Keats at twenty-four.

53

(The Burden)

2. 3. The Question

I ask doggishly into your face---
dogs live on guesswork, heavens of submission,
but only the future lies in true touch,
and answers the questions. Fifteen years ago,
Harriet was this burdensome questionmark.
I fish up my old words, Dear and Dear Ones.
Will the lucky number I threw down
come twice? Living is not a numbers game,
a poor game for fathers when I was young, A GAMBLING,
nature a wild card in the numbered deck... PACK
In body, I still seem a buck up here, TO WIN
I eat, drink, sleep and put on clothes up here,
I'll get my books back when we've lived together---
in this room on which all other rocks bear down.

3 4. Overhanging Cloud

This morning the overhanging cloud is piecrust,
a Temple of Luxor based on rich runny ooze;
my old life settles down into the archives.
It's strange having a child today, though common,
adding our further complication to
intense fragility.
Those dull clouds often dazzle in a minute;
we do not grow with our children in the the womb,
have visions like Milton going blind in London, SEE SATAN
but it's enough to wake without old fears,
SEE and face the needle-fire of the first light
bombarding on your young eyelids harmlessly. OFF maternal MOTHERS.
Clouds are rain and fertile. You double-breathe,
we are many, our bed smells of hay.

AND NOW THE ROOM IS SULTRY.

54

(The Burden)

45. Gold Lull

This isn't the final calm...as easily,
as naturally, the belly of ~~my~~ breeding THE MOTHER LIFTS
~~Lover is swelling~~ to every breath ~~of~~ IN sleep---
Rubens's nudes needed no anaesthetic at childbirth.
In this gold lull of sleep, ~~the~~ muzzled ~~mother~~ COUGAR
lies open and takes the world for what it is, lies takes
a minute less than a minute...as many a writer MORE
suffers illusions that his phrase might live:
Power makes nothing happen, deeds are words. words are deeds.
President Lincoln almost found this faith;
once a good ear could almost hear the heart
murmur in the square thick hide of Lenin....
If only successful statesmen had a chance,
courage to be merciful to the young.

56. Green Sore

~~The~~ too early squeaking country birds fatigue,
uxorious rattling of the pinhead rooks,
war of words, lung of infinitude...
1) The ~~postman~~ brings ~~America~~ to Kent:
"not that I wish you entirely well, far from it."
2) ~~The new spring fields extend like a green sore.~~ NEW
We pack ~~and~~ leave Milgate, in a rush as usual
for the train ~~to~~ London, leaving five lights burning---
to fool the burglar? Never the same five lights.
Sun never sets without our losing something:
books, keys, letters, or "Dear Caroline,
I have told Harriet that you are having a baby
by her father. She knows she will seldom see him;
physical presence or absence is the thing."

THE MORNING MAIL BRINGS THE FAMILIAR VOICES ... ARE LIKE A ... expose them

2) ~~It~~ THIS was ~~our~~ the green life, even heard through tears...

1) The morning mail brings the familiar voice to Kent:

55

(The Burden)

6. "I despair of letters..."

"I despair of letters. You say I wrote H. isn't
interested in the thing happening to you now.
So what? A fantastic untruth, misprint, something;
I meant the London scene's no big concern, just you...
She's absolutely beautiful, gay, etc.
I've a horror of turmoiling her before she flies
to Mexico, alone and brave, half-Spanish.
Children her age don't sit about talking out
the thing about their parents. I do talk about you,
and I have never denied I miss you...
I guess we'll make Washington this weekend;
it's a demonstration, like all demonstrations,
repetitious, gratuitous, unfresh...just needed.
I hope nothing is mis-said in this letter."

56

(The Burden)

7. Later Week at Milgate

A sweetish smell of shavings, wax and oil
follows the redone room made young by antiquing;
the sun in heavens warms a sanded floor. SHIVERS ON warms
For moment. Age is our resumption of dullness,
my varnish complaining: I will die forever;
no paint or skill with the knife will save our finish.
I still think up more things than I forget: REMEMBER
once it was the equivalent of everlasting TO
to stay loyal to the other person loved, MY
in Maine each rock a skull, our common gravestone....
In the greenest apple lurks a breath of spirits—
I sit with my fresh wife, children, house and sky;
the sky's a smudge of mushroom. Here with luck, HEAVEN
green grass till New Year---I, my wife, our children.

8. Nine Months

For weeks, now, months, this Juno-year has gone, THE BURDENED RIPENED GONE
a happiness so slow burning, it is lasting.
The animated nettles are black slash.
September. Today I leaned too much on my elbows,
watching my nose bleed scarlet-gloss on the grass; RED CRAYON
I can almost call our holding ours.
In a year you've leapt from 38 to 40,
joined the bench of women who can judge:
woman has never forgiven man her blood.
That indictment withers in your forgetfulness;
forgiving by forgetting. We're nine-tenths liquid,
I see, smell, taste the blood in everything. OUR
You move on crutches, ninth month into tenth---
love in the fullness of flesh and heart and humor. OF
8TH MONTH INTO THE 9TH, [dash]

EVEN ABSTAINERS ARE NINE-TENTHS LIQUID BLOOD.

(The Burden)

9. Morning Away from You

A single swaying skeleton of black rose leaves
metalled to my window, oyster-gray
Colchester, Hokusai's assertion of dearth;
it wrings a cry from me. My host's date,
apparantly naked, carrying all her clothes
sways through the dawn in my bedroom to the shower.
Goodmorning. My nose runs, and I look for blood...
It's strange to find love with you at last,
now death has become an ingredient of my being:
bloodclot and hemorage, today, tomorrow,
like Mother and Father, youths struck at sixty;
I have saved their blood, and hand it on....
When I draw the curtain, the sky's blue-pale,
the black rose-leaves are green---a goodmorning, as often.

10. Robert Sheridan

Your midnight ambulances, the first knife-saw
of the child, feet-first, a crumb of tobacco tied
to your throat that won't go down...your window piled
with brown bags leaking peaches and avocados...
your dinner like Kleenex...Too much blood
after twelve hours labor to come out right,
in less than thirty seconds swimming the flood-blood:
Little Gingersnap Man, homoform,
contracted, flat and alcoholics' red,
only like us in owning to middle-age.
"If I touch him, I might burn my fingers."
"It's his health, not heat. Why are other babies pallid?
His navy-blue eyes tip with his head....Darling,
we have escaped our death-struggle with our lives."

I draw the curtain: a good morning, as often...
the sky's sky-blue, the black rose-leaves are green.

lines 2 – 5 of "Robert Sheridan":
of the child, feet-first, a string of tobacco tied
to your throat that won't go down — your window piled
with brown bags leaking peaches and avocados...
dinner like Kleenex.... Too much blood is sleeping —

58

DOLPHIN

My Dolphin, you only guide me by surprise,
as helpless as Racine, the man of craft,
drawn through a maze or iron composition
by the incomparable wandering voice of Phedre.
When my mind was troubled, you made for my body
caught in its hangman knot of sinking lines,
a vitreous bowing and scraping of the will.
I have listened to too many words,
and plotted perhaps too freely with my life, freely
not avoiding injury to person,
not avoiding injury to myself;
yet ask compassion for this book, half fiction, ask
an eelnet made by man for the eel fighting.
Why should shark be eaten when the bait swim free?

译后记

1973年出版的《海豚》，是罗伯特·洛威尔献给他的第三任妻子卡洛琳·布莱克伍德的一本爱情诗集。它出版前后，都在美国文坛引起了不小震动。究其缘由，大概是洛威尔在其中不仅自曝了自己移情别恋的情感生活，还把那时与他处于分居状态的妻子伊丽莎白·哈德威克的通信和电话内容直接或间接地写进了诗中，对其造成二次伤害，这既有违伦理道德，也僭越了艺术道德。但就是这样一本在道德上令人不快的书，却又因其高超的诗艺为他赢得了又一座普利策诗歌奖。

1970年4月下旬，为了摆脱美国令人窒息的政治氛围、沉闷的中年生活以及创作上的困境，罗伯特·洛威尔到英国牛津大学万灵学院做为期三个月的访问研究员，并考虑接受邀请在埃塞克斯大学任教一年。在费伯出版社为他安排的欢迎会上，他与在纽约曾有过一面之缘的卡洛琳·布莱克伍德重逢。两人这次见面情投意合，当晚洛威尔就住进了她位于伦敦红崖广场的家中。

卡洛琳·布莱克伍德那时是位女神般的传奇女子，不仅天生丽质，有双摄人魂魄的大眼睛，还有才情，是一位作家，此外她还家世显赫（父亲是杜弗林和艾瓦四世侯爵，母亲是爱尔兰吉尼斯酒业的继承人之一），在大西洋两岸的社交圈内光彩熠熠，英美一众文艺男神无不为之倾倒。在与洛威尔相爱之前，她与她的第二任丈夫——曾经风度翩翩、后来潦倒邋遢的美国作曲家和钢琴教师以色列·契考维茨正处于分居状态。她的第一任丈夫则是英国最伟大的当代画家之一卢西安·弗洛伊德。

罗伯特·洛威尔也不同凡响，他是当时美国诗坛引领风骚的大人物，一本突破诗歌传统表达方式的《生活研究》令他被尊为自白派诗歌的开创者，获誉极高。此外，他出身高贵，祖上是可以追溯到“五月花号”的波士顿名门世家，家族中几代都是哈佛精英，还出过如詹姆斯·罗素·洛威尔和艾米·洛威尔这样的文学名人。这一切使得才华横溢、风流不羁的洛威尔也颇有女人缘。罗伯特·洛威尔的第一任妻子琼·斯塔福德也是作家，他们于1940年结婚，8年后因性格不合而分开。虽然此后洛威尔与别的女人时有暧昧，但他与伊丽莎白·哈德威克的第二段婚姻却持续了二十年有余。

年长洛威尔一岁的哈德威克，是一位极有成就的作家和文学评论家，是著名文化刊物《纽约书评》的创始人之一。她对洛威尔用情至深，自1949年与他结为夫妻后，一直对他照顾有加。1954年，洛威尔因无法承受母亲去世的痛苦患上了躁郁症，此后反反复复，几乎每年都会发作。细心的哈德威克后来发现，洛威尔犯病前通常会疯狂追求年轻漂亮的女子。所以听说洛威尔在英国与人恋爱时，她一开始还很淡定，认为这不过是洛威尔的躁狂症发作的前兆，等洛威尔精神恢复正常后自然会回家。但这一次，事情并非完全如她所料。

洛威尔曾向友人彼得·泰勒描述过他那时的状态：“我坠入爱河，有点躁狂，那个夏天大部分时间都生病住在医院，然后康复了，依旧沉浸在爱中。这一切令我们极度欢愉，但对每个人又都是极大的伤害。”这段激烈的婚外恋情，让他重新感受到生活的激情，创作灵感勃发，同时也令他背上沉重的负担，身处困境之中。一边是结婚二十余年的挚友贤妻，一边是把“快活水”喷到自己脸上的情人女神，洛威尔一时间难以抉择。

《海豚》便是诗人在这一背景下创作出来的自白派诗歌的又一部力作。它沿用了诗人在前一部诗集《笔记本》（后来拆分为《历史》和《献给丽兹和哈丽特》）中采用的那种松散无韵的十四行诗体，而不是像创作《生活研究》时那样采用自由体，摒弃结构严谨、讲求韵律的传统诗歌形式。洛威尔刚步入诗坛时遵循的是传统格律的路数，后来为了谋求突破，使经验的传达不受妨碍而采用了偏口语化的自由诗。但他内心还是认定传统的，他在一次采访中说：“自由诗留下的粘针更少，我认为我后来的一些格律诗作虽然更笨拙，但更像我自己。”在《生活研究》之后，他试图回归传统形式，比如1964年出版的诗集《献给联邦烈士》中就包括了相当一部分格律诗。此后他继续探寻诗的写法，找到一种能将传统与现代结合起来的形式——无韵的十四行诗体，他认为这种诗歌形式适合记录即刻发生的事，最能表达他瞬间的思想和情感，而且结构和高潮也最自如。抒写爱情，这种散文式的十四行诗体无疑是他的最佳选择。

与以往片段式的抒情诗集不同，《海豚》称得上是一部诗体版小说。它有一个“常见的小说桥段”，完整的故事情节。诗中，洛威尔春天在伦敦遇见并爱上了卡洛琳，他们的激情如狂风暴雨一般，不在乎世俗之见，“每个拐角处都有房屋围堵相会的路，/然而我们相见，伫立欣赏这场暴风雨”。肉体的欢愉令他沉溺其中，亢奋也引发了他的躁狂症。（《红崖广场》）

在夏天的住院治疗期间，他更认为这是天定的缘分，“五十年一遇，上帝会安排一场约会”（《住院》）。妻子伊丽莎白听说他的老毛病又犯了，前来伦敦探望，他却发现自己无法与妻子禀明心迹。“我对着空气呼喊，声音又传了回来——/什么也不能抵达你那黑色的剪影。”（《住院II》）他满脑子都是他的新欢，“我爱你，/就像一面打碎的透镜，引燃这贴身的暗火”。卡洛琳也不介意洛威尔的躁狂症，“无时无刻不在想”他，但碍于传统道德，有时仍不得不压抑自己的情感。（《卡洛琳》）

康复后的洛威尔一边创作和思考，一边忙于参加在英国各地举行的诗歌交流活动。他与卡洛琳的感情逐步稳定。秋天，他们一起到卡洛琳位于肯特郡的米尔盖特庄园度周末。他们收获了幸福，但对于今后的走向仍然不能确定。（《秋天周末在米尔盖特》）卡洛琳的魅力令他难以抗拒，她如美人鱼一般，有着“燎人的尾巴与优雅的熨合”，时而如“仙境中的爱丽丝”，时而像“一头小虎鲸”，时而是“藏身危险洞穴的难缠的蛇妖”。（《美人鱼》）但每当他沉溺其中时，妻子的来信或电话（《唱片》《沟通》《在邮件里》）就会将他拉回现实，再加上对女儿的思念（《在哈丽特的记事本里》），洛威尔对这段情感还是犹豫不决，在“沮丧的旧世界”与“空白的/新世界”之间摇摆不定。（《怀疑》）

到了冬天，他与卡洛琳的风流韵事在伦敦和纽约的朋友圈都已传开了，在卡洛琳带她的孩子们去米尔盖特的周末，洛威尔只能一个人在伦敦孤独地度过，此时洛威尔也想回到自己家人的身边。（《冬季与伦敦》）他给她们打电话时，意识到自己与伊丽莎白一起搭建的爱的“房子一旦塌了，那个物种也就灭绝了”，他再也回不去了。

他与卡洛琳都决定要开始新的生活，彼此心里都把对方当作自己真正的爱人（《夫妻》），他们在肉欲与精神的狂喜中结合，感受到一种永恒的“上帝恩赐的瞬间”（《女人出现之前》）。但洛威尔此时因为财产税问题，还不能与伊丽莎白立即办理离婚手续，卡洛琳会因为这个一时无法解决的问题而闹情绪（《画家的模特》），但她明确表态：“我把令人刺痛的快活水喷到你脸上——/无惧风浪的鱼，割断你的网与锁链。”（《美人鱼浮现》）

他们的爱情在组诗《婚姻》中达到了高潮，卡洛琳怀孕了，为他生下儿子罗伯特·谢里丹，“幸福如此缓慢燃烧，持久绵长”，每个清晨他都“高兴”地醒来，不再有“古老的恐惧”，“很高兴你救了我，让这生命延续，/现在死亡成了我生命的一种配料”。

在故事的尾声中，洛威尔讲述了自己适应新生活的夏日故事（《又一个夏天》），梳理反思自己做出的选择（《离开美国前往英国》），面对妻子的挽留，他开诚布公地表明自己的决定（《狐皮》《在电话那端》），动身飞往纽约与伊丽莎白和女儿共同度过最后一个圣诞节（《飞往纽约》）。

虽然《海豚》中讲述的爱情故事与诗人生活中的真实事件发生的顺序有所不同（参见本书导言），虚实参半，但洛威尔认为自己讲述的是“事实的真相”。这本自传式的诗集有着洛威尔诗歌一贯的自白风格，但又有新的突破。如果说洛威尔的《生活研究》大部分诗作都是对往昔的回忆，那么这本《海豚》则是他对当下生命经验的沉思。诚如大众所知，自白派诗歌最大的特点就在于诗人敢于在诗中直陈自己内心深处那些真实的情感——挣扎与扭曲、欢愉与痛苦、私欲与忏悔……洛威尔将自己的内心挣扎公之于众，虽然他这种对自我的揭露可能会让人觉得难以接受，对于大众与世俗的道德体系是一种“露骨而刺眼”的挑战——评论家玛乔瑞·帕洛夫就曾狠狠抨击过这部作品，认为它“时而私密到令人尴尬，时而又无聊透顶，真该像私人信件一样封存”。但自白派诗歌的理念就是以自我感受为切入点，揭示现代社会人类的存在状态和人性真实的弱点与光辉，让我们看到诗人对生命经验的书写实际也包含着对理智与情感、人与人、人与社会等问题的深刻关注与反思。因此从这个意义上说，《海豚》无疑是洛威尔自白诗的又一部重要著作，它向我们展现了一个人性丰富且复杂，更为真实、完整的洛威尔。

另外，《海豚》抒写的也不仅仅是一个男人徘徊在两个女人之间的痛苦与欢情，如果是那样，它就不过是一个常见而又粗俗的婚变故事。事实上，这本极具原创性的爱情诗集实现了诗人一直以来在诗歌创作上的突破与追求，从中可以窥见洛威尔以生活之经验来锻造其诗歌之艺术的创作理念。正如洛威尔的朋友，诺贝尔奖获得者沃尔科特所指出的那样：“洛威尔的创作全部指向创作本身，他的诗歌也都是关于创作诗歌的痛苦。”（摘自《黄昏的诉说》）洛威尔的高明之处就在于他把这个婚变故事与这一暗藏的主题巧妙地结合起来了。而将它们结合起来的是一个在西方文学中寓意丰富而又极具魅力的形象——海豚。

“海豚”在这本诗集中既象征着爱神厄洛斯，也象征着诗神缪斯。据洛威尔的传记作家伊恩·汉密尔顿说，其实在1970年底这一系列诗稿集齐成册之前，还“没有海豚这个形象”作为统领意象，洛威尔只是在用诗歌记录着自己的经历和所思。当他在圣诞节后从纽约返回到卡洛琳身边时，得知她已怀身孕，之后他便不再摇摆，认为“这是一种极大的安慰……不容我再任性妄为”。1971年春天，他又写了许多新的诗，包括这本诗集中的序诗《渔网》和跋诗《海豚》。他找到了心中的理想形象——“海豚”，他的生命与这本诗集共同的守护精灵。

在开篇序诗《渔网》中，诗人一开始就表达了他对用惊奇致人目眩的海豚的喜爱，期待有奇迹出现。因为他当时正面临着一种困境，这种困境是他自己的也是时代的——“原型的声音唱歌不着调；老演员读不了他那些朋友”。虽然他几乎是用一种绝望的视角来看待自己不懈追求和探索的诗歌的命运：“像字迹模糊的青铜，钉在没有未来的未来。”然而他还是心满意足的，他知道他在对他的诗艺持续不断的拆解与重建中，“已纵情一生”。

然后奇迹真的出现了——卡洛琳来到了他身边。在这个爱情故事中，卡洛琳就是海豚的化身，她是一个不断变化的精灵，正如艺术也有多种形态的呈现，令诗人神魂颠倒，欲罢不能。在跋诗《海豚》中，洛威尔表达了自己对这个神奇的精灵的致敬，感谢她在自己精神躁郁时不顾一切地冲向他，赋予他的生命与艺术以新的生机。

关于“海豚”这个意象，美国学者史蒂芬·古德尔·阿克斯罗德在品评诗集《海豚》时有一段精彩的解读：

> 作为缪斯的“海豚”装点并丰富了作为爱神的“海豚”的象征意义。在这两方面，“海豚”都代表了一种爱的形式与创造的神迹，一种对外部和内在世界的高超而惊人的洞察力。无论在哪方面，“海豚”都扮演着救世主的形象，一个无神世界中神圣的存在。
>
> 正如“海豚”这一双重化身所暗示的那样，洛威尔诗歌

中的两个主题无法完全分离。事实上，他所有的诗学策略，最直接目的就是让两个主题合而为一。这一联结揭示了这部诗集的本质隐喻：关于婚姻的隐喻。在《海豚》中，洛威尔和现实中一位名叫卡洛琳的女人结婚，同时也将他的生活与艺术联姻。基于这一联姻，这部诗集讲述着他的生活琐事与它们变为艺术的方式，同时也探索着艺术本身以及艺术赋予他人生以意义（甚至是“存在”）的形式。这是一场生活经验和艺术经验之间的联姻，《海豚》由是抵达了洛威尔一切诗艺探索的顶峰。（摘自阿克斯罗德的论文《一本“生命之书”》，黄娟娟译）

阿克斯罗德不仅洞悉洛威尔在创作上的诗学策略——将个人生活融入诗歌艺术——还敏锐地挖掘出隐藏在《海豚》背后的另一个意图，即洛威尔不仅是在抒写爱情或改变的婚姻，他还在思索艺术与生活的关系。“海豚”是连接着洛威尔生命与艺术的神圣造物。通过“海豚”这个具有双重寓意的形象，洛威尔将自己追求爱情或者激情的生命经历与艺术探索巧妙地结合了起来。或许在洛威尔看来，艺术和理想的婚姻一样，必须以爱为原动力，富有激情，这样才有感染力，产生共振。因此婚姻的改变，正如象征着诗歌技艺的“渔网”的拆解与重织，都是为了让生活或者艺术达到完美的境界。

洛威尔以个人的生活入诗，结束了“非个人化”的诗歌传统，拓宽了文学创作的领域，这正是他与“通力协作的缪斯”共同“谋划”的成果。在跋诗《海豚》中，洛威尔回顾并审视了自己的诗歌创作过程，想必他自己也意识到，为了探索诗艺，他不仅可以袒露自己的个人经历，甚至可以把别人的隐私也暴露给公众，将一切置于个人的意志之下，没有顾及别人的感受，这样做“不免伤及他人，不免伤及自己”。有意思的是，这样的坦白似乎没有任何悔恨之意：“我的双眼已目睹我的手工之作。”好不率性！

1972年，洛威尔在弗兰克·比达特和卡洛琳·布莱克伍德的帮助下完成了《海豚》的手稿本，并将其寄送给友人试读。美国的朋友们大都对他在未经哈德威克允许的情况下直接引用她的信件和通话中的话语感到极为震惊。阿德里安·里奇后来甚至撰文强烈谴责他的这种做法，两人也因此分道扬镳。诗人奥登也对此事颇有微词。洛威尔的终身好友伊丽莎白·毕肖普于1972年3月21日书写长信一封，在肯定《海豚》是“辉煌壮丽的诗篇”的同时，也提出了很多修订建议，并且忠告洛威尔：“艺术根本不值那么多。”洛威尔对朋友的批评做出了回应，对相应之处也做了些修改，使人难以看出语句出自何人之口，并重新安排了一些诗的顺序，希望诗集看起来对哈德威克更善意些，以便平息众人的愤怒。然而事实上收效甚微。1973年正式出版的《海豚》仍然遭受了不少批评家的谴责。海伦·文德勒曾问过洛威尔为什么不干脆把《海豚》留着，留到他死后再出版。当时他回答说，如果留着它，他就会不得不继续对它进行强迫性修改，那样他就写不了新诗了。这倒是句大实话。

还是沃尔科特足够犀利，他在悼颂洛威尔的那篇精彩挽文中说：“洛威尔的每一本新作都极富颠覆性，让批评家噤若寒蝉……批评洛威尔的诗作更像是探测地震，而不是审美判断。”确实，《海豚》在一段时间内受到冷遇，与人们先入为主的道德判断不无关系，但它的艺术性还是很快就征服了普利策诗歌奖的评委们。评委威廉·阿尔弗雷德虽然对洛威尔的做法持保留态度，但他坦言，与其他提名作品相比，《海豚》的确更优秀，“它呈现出我们这个时代的一种经验……所用的语言也配得上这种经验的严肃性，而且柔韧灵活，足以表达那令人困惑至绝望的种种矛盾”。另一位评委安东尼·赫克特更是对这本诗集盛赞有加认为它“处处表现出一种能力，敢于揭示精神几乎没有勇气言及的东西”。（见本书导言），海伦·文德勒则认为《海豚》引用他人信件的做法短期内的确会造成一定伤害，但从长远来看，时间的流逝会使个人变得无关紧要，正如莎士比亚十四行诗中的那个年轻人和黑肤女人是谁已不再重要，这些诗歌的审美价值将如青铜一般，永存于世。

关于《海豚》出版前后的两个版本，《罗伯特·洛威尔诗集》的两位编辑之一——哈佛大学教授大卫·S. 格万特尔，曾做过一个对比研究。他认为这本诗集是具有多声部和多作者的一部后现代主义诗歌作品，因为其中的不少诗歌都是采用直接的引语或用斜体标出的他人声音。他认为卡洛琳和哈德威克在手稿本中的声音形象十分突出，修订后出版的版本相对于手稿本“最初集齐的那些不同凡响的多声部十四行诗而言，是艺术上的一次退步”。在他看来，原来的手稿本才是多声部和多作者的“协作之子”，修订后的版本削弱了伊丽莎白·哈德威克的作者性。

彼时作为助手一直参与修订的弗兰克·比达特也认为修订后的《海豚》不及原诗稿中的人物形象突出，情感鲜明。比如手稿本中的《来自我妻子》最后两行是这样的：“为什么，以耶稣之名告诉我们吧。为什么/你还粘在那里，傻傻地远离我们？”这是一个女人在遭遇感情危机时心中最想弄明白的事情，她苦苦哀求，希望移情别恋的丈夫能给出一个解释。这样的发问使伊丽莎白内心的痛苦得到真实而又淋漓尽致的呈现。可是在修订后的《声音》中，洛威尔对引号的位置和人称等稍作修改，就将一个人的声音变成了两个人的：

为什么，以耶稣之名告诉我们吧。”为什么
我一个人傻傻地粘在这里不走？

整首诗的重点不再是伊丽莎白内心的痛苦与呐喊，反而成了洛威尔的沉思与反省。当初洛威尔听从好友毕肖普的建议，对引用的材料做修订，其目的是想对哈德威克更善意一些，但是现在却适得其反，而且她的声音因为被压制也失去了鲜明的色彩。

同样的情况还有对《越洋电话》的修订。手稿本中的这首诗完全是使用引号的引语，是对哈德威克信件的直接呈现，从中可以看出她是一个精明的主妇、明理的妻子、慈爱的母亲，同时也是一个性格刚毅、坚强独立的女性：

“靠不到三万美元的收入我们不可能在纽约逍遥度日，
拽人的都市华灯就像球与链，
自由主义者毁于自由派之手。
这是你发疯飞去伦敦的代价——
那个封闭的省会城市，从来都不是
善变的美国人的庇护之所……
他们说，对死亡的恐惧源于孩提时
第一次被遗弃的记忆。我们的女儿以为爱就是
把她与礼物、信件、探望等种种外在可视之物
绑缚在一起的东西。我已关闭心房

很久了，我想让它继续闭着，也许——
我曾经过于相信自己有能力提升意志力；
如果我们的房子塌了，一个物种就灭绝了……
她叫我别说下去了，我们不该损失你的钱。”

可是修订后的版本《越洋通话期间》去掉了引号，哈德威克的声音只在两行斜体诗句中听得见，其他的诗行则变成了洛威尔的内心独白。哈德威克在这里的情感和形象都非常单薄。

我想2019年再版《海豚》的编辑将这两个版本并置于书中，为的就是让更多感兴趣的读者和研究者对洛威尔在1972年至1973年间的风格演变、修改意图、情感波动、艺术价值等方面有自己的看法和判断。通过对比阅读，我也觉得伊丽莎白·哈德威克这个人物在1973年版中模糊了许多。但另一方面，我又认为修订后的大部分诗作从单首整体而言是更为流畅和完整的。比如《渔网》，在手稿本中，这首诗的译文如下：

任何牢牢吸引这位读者的清晰事物——
这诗行必须终止，这明亮的意外之获，
这顶冰帽子里的维京海盗的光辉。
这高度是空洞的；强盗攫取的金子
本属于那巨像精美的印花和卷册，
他那典型的肚腰缎带。夏日，夏日，
诗人死时还青春，格律护他们不朽，
幸存者停止朗读法语、他的朋友们、新闻，
无妨，他能把自己读得响亮；
天才将听众席哼吟成一片死寂……

我心澎湃，我知道我已纵情一生，
一直在编织一张用沥青麻绳结的渔网；
吃鱼时这张网会挂在墙上，
像字迹模糊的青铜，钉向无有未来的未来。

原诗稿扑面而来的那些意象十分跳跃，未经协调，让人不知所措，不知所云。而修订版中的开场，则强调了诗人对海豚的期待，看到她时的那种惊讶和欣喜，为后面的人物隐喻奠定了基础，也与卷尾的那首跋诗遥相呼应。这样的例子还有很多，感兴趣的读者不妨仔细对照两个版本品鉴一番。

感谢本书编辑萨斯基娅·汉密尔顿为我答疑解惑，没有她的帮助，洛威尔诗歌中一些用词的精妙之处我是绝对体会不到的。也要感谢李宜萱同学，我们两个可谓忘年之交，互为师友，经常在一同散步锻炼时讨论诗歌、推敲词句，这样的时光非常美好。最后尤其要感谢黄娟娟同学，她为我的译本做了认真细致的校对，她提出的一些修改建议为译诗增色不少。

程　佳

2020年8月27日

桂图登字：20-2021-253

图书在版编目（CIP）数据

海豚：手稿对照本：1972—1973/（美）罗伯特.洛威尔著,（美）萨斯基娅.汉密尔顿编；程佳译.—南宁：广西人民出版社，2022.2
（洛威尔系列）
书名原文：The Dolphin：Two Versions，1972-1973
ISBN 978-7-219-11290-8

Ⅰ.①海… Ⅱ.①罗… ②萨… ③程… Ⅲ.①十四行诗—诗集—美国—现代
Ⅳ.①I712.25

中国版本图书馆 CIP 数据核字（2021）第 229926 号

海豚：手稿对照本，1972—1973
HAITUN：SHOUGAO DUIZHAOBEN，1972—1973
［美］罗伯特·洛威尔 / 著　［美］萨斯基娅·汉密尔顿 / 编　程佳 / 译

出 品 人　白竹林
执行策划　吴小龙
责任编辑　唐柳娜　李亚伟
责任校对　覃丽婷　文　慧
装帧设计　郑元柏
责任排版　梁少芳

出版发行　广西人民出版社
社　　址　广西南宁市桂春路 6 号
邮　　编　530021
印　　刷　恒美印务（广州）有限公司
开　　本　889mm × 1194mm　1 / 32
印　　张　8.25
字　　数　200 千字
版　　次　2022 年 2 月　第 1 版
印　　次　2022 年 2 月　第 1 次印刷
书　　号　ISBN 978-7-219-11290-8
定　　价　63.80 元